Kolofon
©Mathias Jansson (2021)
"Di ångermanländska IX – berättelser och skrönor"

ISBN: 978-91-86915-56-8

Utgiven av:

"jag behöver inget förlag"
c/o Mathias Jansson
Tvärvägen 23
232 52 Åkarp
http://mathiasjansson72.blogspot.se/

Tryckt: Lulu.com

Innehåll

Den okända nobelpristagaren som klättrade upp i ett äppelträd och vägrade att komma ner

Den var på morgonen den 7 juli 1967 som Nya Norrlands kulturredaktör Arne Skog fick telefonsamtalet om att nobelpristagaren i litteratur hade klättrat upp i ett äppelträd och vägrade att komma ner. En sådan nyhet måste naturligtvis bevakas och Arne Skog hade i all hast slängt på sig sin gröna kavaj och trampat i väg på cykeln till nobelpristagarens bostad.

När Arne Skog svängde upp på grusuppfarten och lutade cykeln mot huset insåg han att nyheten redan hade spridit sig i byn. Runt det stora äppelträdet som växte i författarens trädgård stod en stor skara nyfikna människor och stirrade upp mot trädtoppen. Arne Skog kisade med ögonen och när han ansträngde ögonen kunde han genom det täta grenverket se någonting svart som låg högt uppe i toppen. Han tog fram sin kikare ur fodralet och ställde in skärpan och mycket riktigt så var det självaste nobelpristagaren som låg däruppe i grenverket och runt hans hals glimrade guldmedaljen i solskenet.

Guldmedaljen som den Svenska Akademien hade tilldelat honom 1935 för hans insatser inom litteraturens område. Men vänta här nu, invänder genast den allmänbildade läsaren. 1935 delades väl inget Nobelpris i litteratur ut? Mycket riktig, något pris delades aldrig ut, inte officiellt iallafall. Det har spekulerats länge om varför inget pris delades ut det året. Vissa har pekat på inre stridigheter och svårigheter att komma överens om en

3

pristagare. Men nu var det så att man redan hade präglat guldmedaljen, förberett alla papper och skrivit ut checken med prissumman. Det enda som egentligen saknades var namnet på pristagaren och alla i akademien var överens om att det vore dumt om allt detta förarbete nu skulle gå till spillo, men man kunde inte heller inte ge priset till någon av de redan nominerade, eftersom det riskerade att skapa djupa stridigheter och motsättningar bland akademiens ledamöter.

Någon kastade då fram det oväntade och oortodoxa förslaget att låta slumpen välja en pristagare. Så kom det sig att de aderton samlades runt bordet där en bunt med nyligen inkomna ansökningar till ett stipendium låg och väntade. Under högtidliga former drog akademiens ständige sekreterare en ansökan i högen och det slumpade sig så att det blev Johannes Hansson från Kramfors. Vem var då denna Johannes Hansson undrar du? Jo, det var mannen som nu låg längst upp i äppleträdet och som vägrade komma ner.

Johannes Hansson föddes 1877 på en bondgård i närheten av Nässom. I skolan var han inget ljushuvud. Vid ett föräldramöte dristade till och med hans lärare att beskriva Johannes som obildbar. Hans föräldrar tog nu inte illa vid sig då de ändå tänkte att sonen skulle bli bonde och så länge han klarade av att plöja, så och skörda och andra förekommande sysslor på ett lantbruk så skulle han klara sig bra i livet. Johannes skolkamrater använde nu inte lika fina ord om hans brist på intelligens, utan påpekade helt öppet under rasterna att han nog var dum i huve. Det kan förstås låta hårt, men vi kan nog alla hålla med om att det inte är speciellt begåvat att vid 15 års

4

ålder klättra upp på ladugårdstaket och vifta med ett långt metspö för att fiska moln, när åskan dundrar som värst. Och så gick det som det gick. Blixten slog ner i det långa metspöet och gav Johannes Hansson en stöt så han flög flera meter upp i luften, men turligen nog dämpades hans fall mot marken av gödselstacken nedanför. Efter några veckors rekonvalescens började Johannes bortbrända ögonbryn att växa ut igen och brännskadorna på kroppen att läka och det var då man för första gången började märka att något inte stod rätt till med pojken.

Johannes började nämligen skriva. I början trevande med bokstäver i olika höjder och lutningar men allt eftersom dagarna gick blev stilen mer säker och elegant. Efter ett par veckor skrev han den vackraste handstil man kunde tänka sig och på pappret växte det fram märkliga berättelser och visioner som många år senare skulle leda till att han dristade sig till att skicka in en stipendieansökan som hamnade på Svenska Akademiens sammanträdesbord och sedan plockades upp av den ständig sekreteraren för att utse 1935 års mottagare av Nobelpriset.

Alla de märkliga berättelserna som Johannes skrev under åren publicerades efter att han hade tilldelats Nobelpriset i litteratur i ett antal volymer med titeln "Det stora testamentet" och ett testamente var det sannerligen, kanske inte i strikt religiös bemärkelse, utan mer som en myllrande släktkrönika som utspelade sig under många hundra år i de ångermanländska skogarna. Här fanns djupa existentiella och filosofiska avsnitt som blandades med kärlekspoesi och

5

fantastiska naturskildringar. Man kunde även läsa om fruktansvärda släktfejder, spännande utflykter och romantiska kärleksäventyr. Det verkade finnas något för alla i den myllrande berättelsen. Intrigerna var mångtydiga och trådarna löpte in och ut i varandra som i en komplicerad och vacker väv. Några sa att man till och med kunde spå framtiden genom att på måfå slå upp böckerna och sätta fingret på en text och på så sätt få veta hur man skulle göra i viktiga beslut.

Det var på tidigt på morgonen på sin 90-årsdag som Johannes Hansson hade stigit upp och druckit morgonkaffet innan han hade klätt sig i den frack som han bar vid den inofficiella prisutdelningen som ägde rum på Kramfors tågstation en tidig vintermorgon 1935. En delegat från akademien hade under det korta uppehållet vid stationen hängt guldmedaljen runt Johannes Hanssons hals, gett honom diplomet och checken och efter att ha tryckt hans hand och gratulerat honom till priset farit vidare med tåget. Några vittnen till denna märkliga ceremoni fanns inte. Visserligen hade Johannes en hel vecka innan ceremonin gått och berättat att han tilldelats Nobelpriset i litteratur, men sicken tokprat var det ingen som trodde på. Det hade ju nyss stått i tidningen att i år skulle inget pris delas ut, så hur kunde han en Johannes som inte hade gett ut en enda bok ha tilldelats det mest prestigefyllda priset inom litteraturen? När hans sedan visade medaljen, diplomet och checken för folk, började de visserligen undra och undersöka saken. Chefredaktören för lokaltidningen telegraferade till akademien som bestämt förnekade att något officiellt pris skulle ha delats ut i år. Några trodde att Johannes vunnit på stryktipset och själv låtit tillverka medaljen bara för att göra sig märkvärdig.

Men så började ryktena gå i byn. Kommunordförandes kusins brors farbror som hade en syster som jobbade i Stockholm och ibland hjälpte till att städa hos Svenska Akademien hade råkat överhöra ett samtal mellan två ledamöter, att det kanske ändå var ett misstag att ge Nobelpriset till den där Johannes Hansson. Han hade ju trots allt inte publicerat något ännu. Hur kunde han då kallas författare? Det där att han inte var publicerad rättade nu till sig med råge efter att Johannes tilldelades Nobelpriset. För med prispengarna från akademien publicerade Johannes i rask takt 66 volymer med sina berättelser som fick titeln "Det stora testamentet". Nu var det inte heller något tvivel längre om att Johannes verkligen hade tilldelats Nobelpriset i litteratur, för inte kunde systern till kommunordförandes kusins brors farbror hitta på något sådant.

Det blev både stort reportage i lokaltidningen och kommunen arrangerade en stor mottagning med kommunpolitiker och andra betydelsefulla personer inom och utsocknes. Men uppståndelsen blev ganska lokal för i grannkommunerna skakade man bara på huvudet åt stollerierna. Skulle Nobelpriset i litteratur gått till en författare i Kramfors? Det var inte möjligt, utan det hade man bara hittat på för att verka märkvärdiga. De stora riksmedierna och kultur- personligheterna i huvudstaden som också fick inbjudan att närvara vid firandet av den nya nobelpristagaren skrattade gott åt galenskapen. Var det ett aprilskämt mitt i vintern? Alla som var läskunniga visste ju att Nobelpriset inte hade delats ut i år. Skulle det gått till en person i Kramfors som man aldrig hade hört talas om eller som ens hade gett ut en enda bok? Nej, sådana galenskaper slänger vi i papperskorgen direkt.

Nu stod iallafall Johannes Hansson på bron och tittade ut över sin trädgård. Han hade legat och grubblat hela natten och hade äntligen bestämt sig att det fick vara nog. Han traskade bort till uthuset och lyfte upp trästegen som låg i gräset och bar bort den till äppleträdet. Därefter påbörjade han, liksom Jakob sin klättring mot himlavalvet, eller äppleträdets topp, för längre än så gick nämligen inte stegen. Trädet var högt och tätt så det var besvärligt att ta sig upp. Kvistarna hakade sig fast i fracken och rev upp tyget och de rispade honom i ansiktet, men till slut var han i alla fall längst uppe i trädet. Han la sig ner på grenarna och väntade.

Det var tidningsbudet som hade sett hur nobelpristagaren hade klättrat upp i äppelträdet. Även för en känd nobelpristagare var det en ovanlig handling att klättra upp i ett äppleträd iklädd frack så tidigt på morgonen på sin 90-årsdag. Tidningsbudet hade därför tänkt att det här var nog något för tidningen och kanske kunde man få en liten slant för tipset, och hade sålunda ringt och tipsat Nya Norrlands kulturredaktör Arne Skog, som nu stod tillsammans med övriga åskådare och kisade upp mot trädet där nobelpristagaren låg dold i det täta grenverket.

Det hade blivit lunchtid och ännu syntes inga tecken på att nobelpristagaren skulle komma ner. Brandkåren hade klättrat upp till nobelpristagaren för att fråga vad det hela handlade om och om det var något som de kunde hjälpa till med.

- Det här är mellan mig och Gud hade Johannes svarat. Jag tänker ligga här tills han tar tillbaka det förbaskade Ordet och ger mig min dumhet och frid tillbaka. Så låt mig bara vara ifred. Så man lät honom vara ifred. Han var ju trots allt nobelpristagare och det var hans 90-årsdag. Man ville inte bråka med en gammal nobelpristagare på hans födelsedag och han visste nog vad han gjorde, det var ju trots han som tilldelats nobelpriset av den Svenska Akademien. Han kommer ner när han kommer ner resonerade man.

På eftermiddagen började det mulna på och blåsa upp. I fjärran hördes ett dovt mullrande som snabbt närmade sig byn. Snart var himlen svartgrå och genomkorsades av blixtrar och dova knallar. Regnet började att ösa ner över trädgården och de flesta skyndade sig hemåt för att inte bli genomvåta. Arne Skog stod och skulade under uthustaket och spanade med sin kikare mot trädtoppen. Nu måste han väl ändå komma ner tänkte Arne Skog. Han tänker väl inte ligga kvar tills han blir dränkt? Just då såg han något som rörde sig upp bland trädgrenarna och han såg att Johannes reste sig upp i trädets topp och sträckte sina armar mot skyn. Det verkade som om han ropade något. Arne Skog lyssnade noga och i ett kort ögonblick då regnets styrka minskade hörde han orden klart och tydligt:

-I begynnelsen var Ordet, och Ordet var hos dig, men sen gav du mig det förbannade Ordet, och nu har jag fått nog av det. Ta tillbaka vad du givet och ge mig min frid och min dumhet åter.

Himlen lystes plötsligt upp av en enorm blixt som träffade äppelträdet och hela gården badade i ett bländande sken.

Arne Skog blev som förblindad av ljusskenet och den kraftiga smällen kastade honom till marken. När han återhämtade sig såg han att äppelträdet hade kluvits i mitten och på marken bredvid låg Johannes alldeles stilla och ångade i regnet. Arne Skog sprang genast fram till nobelpristagaren men kunde snabbt konstatera att han var stendöd. Arne Skog såg att det över Johannes Hanssons ansikte vilade ett fridfullt leende, ett fånigt leende skulle nog andra säga. Bredvid Johannes låg guldmedaljen. Hettan från blixten hade fått den att smälta till en tunn skiva och när man lyfte upp den från marken hade det bildats märkliga tecken på baksidan. Vid en närmare undersökning kunde man konstatera att det såg ut som hebreiska tecken.

Nu finns guldmedaljen på en hylla i det hemliga biblioteket i den bromanska släktgården. Och visst var det hebreiska tecken på den smälta guldmedaljen. Texten är skriven på en mycket ålderdomlig och märklig variant av hebreiska med lyder i grova drag i modern översättning:

Johannes Hansson, jag gav dig Ordet, för att du skull förkunna mitt budskap till människosläkte. Men du missbrukade min gåva det grövsta och förvanskade allt jag sade till obegripligheter. Edens lustgård låg inte i Dämsta, de 10 budorden mottogs inte på Skulebergets topp och min son hette inte Jörgen och föddes inte i en vedbod bortåt Bjärtrå. Jag hör din bön och tar gladeligen tillbaka Ordet som jag gav dig och släcker det ljus som lyst i ditt sinne. Må du vila i frid.

Författaren som bara skrev flaskpost

Utanför fönstret ser jag doktorns bil som åker i väg. Han är en trevlig man, men lite underlig. Jag minns när han flyttade in i vår lilla by. Det var på hösten 1977. Han och hans fru köpte huset nedanför konstnären Emil Byman. Vår by är ganska liten. Bara ett par hus ute i skogen vid en sjö. Men vi har en god sammanhållning och en fin grannsämja i vår by. Alla känner alla och man hälsar när man möts. Man hjälps åt när det behövs och tar en kaffe ibland och småpratar. Vi börjar ju bli med åren alla vi som bor här. Doktor Molander, Emil Byman, klockmakaren, fröken Ester och jag. Nu för tiden sitter jag mest framför skrivmaskinen vid fönstret. Ljuset är bra här vid fönstret när man ska skriva, nu när ögonen blivit lite grumliga av åldern. Jag brukas kallas för Författaren av de som bor i byn, men jag vet inte, jag är inte en sån författare som ger ut böcker. Jag skriver mest flaskpost.

Jag skriver mina berättelser på min skrivmaskin. Det är en gammal grön Halda som jag ärvt efter min far. Jag brukar skriva om dem som bor i byn och vad som händer här. Sedan rullar jag ihop berättelsen och stoppar ner den i en tom flaska och skruvar på korken. På min bokhylla bakom mig står alla mina berättelser uppradade. Det har blivit en hel del genom åren. Jag tänkte att jag skulle ta och släppa ut alla flaskorna i älven en dag framöver och låta strömmarna och vågorna sprida dem runt om i världen. Kanske hittar du en av mina berättelser en dag och läser den.

I den här flaskan finns till exempel en berättelse om klockmakaren. Klockmakaren han är min granne. Han samlar på tid. I hans hus finns det en klocka för varje minut på dygnet. -På sätt förlorar jag ingen tid, utan tiden är alltid konstant runt mig, brukar han förklara.

Han har också en bokhylla precis som jag, fylld med glasburkar och flaskor.

-Här samlar jag tiden säger han och visar mig runt när jag kommer på besök. I den här burken har jag samlat minutvisare från olika klockor och i den här timvisarna. I de här flaskorna har jag samlat sand från olika timglas. I de här tolv burkarna har jag samlat timmarna. I den här burken ligger den första timmen, i den här den andra och så vidare. Sedan har jag en stor burk med tidens rörelse, den är fylld med klockors krona, den knapp som man vrider upp tiden med så den fortsätter att gå. Jag samlar också på år. I varje burk på den här hyllan finns ett år. Det är avrivna kalenderdagar som jag samlat under åren. Den här burken är till exempel från 1977. Det var ett spännande år. Mycket märkligt hände då. Det minns jag som igår. Det var kanske igår, vem vet. Tiden rör sig i märkliga mönster, fast mest står den stilla hemma hos mig.

-Vid mitt skrivbord här borta vid fönstret, fortsätter klockmakaren och pekar, brukar jag sitta och bygga mina klockor. Ljuset från fönstret är bra när man ska bygga klockor, nu när ögonen har blivit lite grumliga av åldern. Jag har byggt en klocka där sekundvisaren hoppar fram ett steg och sedan tillbaka i nästa. Jag har liksom fångat tiden i uret, den kommer ingenstans. Ett steg framåt och ett steg bakåt. Just nu håller jag på att bygga en klocka som går baklänges. På så sätt kommer jag att kunna jag resa tillbaka i tiden och återuppleva allt som redan varit och inträffat.

I den här flaskan finns en annan berättelse som handlar om fröken Ester. Hon är folkskollärare i byn. En mycket begåvad och vacker gammal dam. Det är förstås lite märkligt att hon är folkskollärare. Det finns ju inga barn i vår lilla by och därför inte heller någon skola. Men hon är en duktig lärarinna, även om jag tror att hon nog borde ha gått i pension för länge sedan. Ofta när jag kommer på besök står hon bakom sin kateder och undervisar. Hon är duktig på latin och brukar läsa högt ur de stora klassikerna som Ovidius och Vergilius för mig. Hennes röst är mycket stark och vacker. Ibland brukar vi samtala om geografi. Fröken Ester är mycket intresserad och kunnig i geografi. Jag har själv rest en hel del i Europa och i Amerika och sett en del av världen. Men när jag brukar berätta om alla platser som jag besökt för fröken Ester, så lyssnar hon visserligen intresserat men börjar sedan berätta om sina egna fantastiska äventyr som när hon levde ett helt år hos en okänd stam i Amazonas djungel, eller när hon följde med en expedition till Arktis eller ensam utforskade Indonesiens djungel. Man vet aldrig om hon hittar på alltihop eller om det verkligen har inträffat. Jag tycker mycket om fröken Ester men det är en sak som irriterar mig. Ibland när man står mitt framför henne får man känslan av att hon tittar på något helt annat. Ibland kan hon avbryta en och säga något i stil med.
-Nu smyger trollen där borta i gläntan igen, eller, nu är visst skogsrået ute och går igen.

14

När man vänder sig om och tittar och konstaterar att det inte finns något där. Då skrattar hon bara åt en och säger:
- Nej, såklart dumbom. De är ju osynliga.

I den här flaskan finns en berättelse om Emil Byman. Emil är konstnär och målar älgar. När jag kommer på besök står han alltid och målar en tavla med en älg vid en sjö. Jag brukar fråga om han inte kan måla någonting annat, som en björn, en häst eller en tjäder? Då brukar han titta förvånat på mig och säga.
-Varför de? Är det något fel med en älg?
- Inte fel, men blir det inte tråkigt att måla samma älg om och om igen.
-Samma älg? Det ser du väl att det är olika älgar.
-För mig är de ganska lika.
-Det är ju älgar, så klart de är ganska lika men inte helt lika, utan olika. Men det är först och främst idén av älgen som jag vill avbilda. I idévärlden finns nämligen den perfekta älgen, det har Platon lärt mig. Jag försöker återskapa den perfekta älgen.
-Hur går det då?
-Det går framåt men det är så svårt. Speciellt svårt är det när du kommer och avbryter mig hela tiden. Kan du inte lämna mig ifred?
-Jo, men är det Lomtjärna du har målat.
-Det är idén om Lomtjärna. Det finns många tjärnar som heter Lomtjärna men bara en i idévärlden. Det är den som jag försöker återskapa.
Ja, han har sina idéer den där Emil Byman. Men hans tavlor är fina. Jag har en på väggen bredvid mitt skrivbord. Den föreställer en älg vid en tjärn.

I den här flaskan finns en berättelse som handlar om doktor Molander som nyss åkte iväg här utanför huset. Han sitter nu i sin bil och kör den slingriga, smala grusvägen ut från byn, genom skogen, bort till den stora staden. Där parkerar han sin bil utanför sin bostad, där han också har sin mottagning. I hallen hänger han av sin kavaj och tar av sig hatten innan han går in i vardagsrummet där hans fru sitter i en fåtölj och läser Hemmets Veckotidning.

-Är du redan hemma? säger hon förvånat. Middagen är inte riktigt klar än. Jag fastnade i ett gammalt nummer av Hemmets Veckotidning med en dikt av BröW. Hans dikter är helt underbara. Men hur är det? Du ser bekymrad ut?

-Jag har varit och besökt Folke Gustavsson, svarar doktorn eftertänksamt. Det är nog dags att han kommer in på ett ålderdomshem snart. Karln har tappat all verklighetsförankring. Vet du att han har en hel bokhylla full med flaskor med olika berättelser.

-Ja, han är ju ganska originell. Det är väl inget nytt att han hittar på en massa berättelser?

-Nej, men nu har han börjar tro att det är sant allt han skriver. Han berättade för mig om alla som bor i byn och vad de håller på med. Om Emil Byman, klocksamlaren, fröken Ester, ja, även om oss.

-Om oss?

-Ja, han tror att vi bor i byn.

-Men det är ju ingen som bor där länge. Alla husen är ju övergivna. När Emil Byman dog 1965 så stod ju hela byn öde i flera år tills Folke flyttade tillbaka till sitt gamla barndomshem. Det var väl runt 1977 eller? Varför tror han att vi bor där?

-Jag vet inte, men han verkar tro att alla fortfarande bor kvar. Det är inte bara att han skriver om de som bott i byn, utan han berättade på fullaste allvar att han igår var och hälsade på hos Emil Byman och tittat på hans senast målning av en älg vid en sjö och att han senare idag skulle gå över till klockmakaren och dricka kaffe och titta på hans nya baklängesklocka. Nej, jag får nog ta och ringa kommunen och se om de inte kan ordna en plats åt honom på ålderdomshemmet. Stackarn kan inte längre skilja på fantasi och verklighet och så super han dessutom. Hela hans bokhylla är full med tomma spritflaskor. Risken är väl att han skadar sig själv om ingen tar hand om honom.

Det var alltså berättelsen om doktor Molander. Som sagt en underlig karl med konstiga idéer. I den här tomma flaskan ska jag stoppa ner den berättelse som jag nu håller på att avsluta. Den handlar om en författare som skriver flaskpost som han sedan slänger ut i älven. Flaskan flyter i väg på älven och förs med strömmarna över havet till en strand där det står en bastu och ryker. Bastudörren slås upp och hur hettan dyker Anti Hirvenpää upp rödmosig och varm. Han lunkar ner till bryggan och kastar sig utan att tveka i det svala hösthavet. När han dyker upp över ytan får han syn på något som glittrar till i vattnet. En flaska tänker han och tar några simtag bort till den. Uppe på bryggan granskar han besviket flaskan. Det var som han trodde, det var en flaska 75a Explorer, men den var tom, istället ligger det ett ihoprullat papper i den. Anti skruvar av korken och pillar ut pappret. Texten är på svenska och han skummar igenom den på väg tillbaka till bastun. Det är en berättelse om en gammal man som sitter vid sin skrivmaskin vid ett fönster i en liten by i Sverige och skriver berättelser. Ja, det går ju att läsa, tänker Anti, men inte är det som de berättelser som mina förfäder brukade dikta ihop. Anti knölar ihop pappret och stoppar in det tillsammans med ett par rejäla björkklabbar i bastuspisen och fortsätter att basta.

Så slutar den berättelsen och nu tar jag ut pappret ur skrivmaskinen, för nu är berättelsen klar, och jag ska bara rulla ihop den sista berättelsen och stoppar ner den i flaskan och skruva på korken. Flaskan ställer jag sedan i bokhyllan bland de andra berättelserna. I morgon tänkte jag att jag skulle ta med alla flaskorna ner till älven och släppa ut dem så strömmarna och vågorna kan föra dem vidare till nya läsare.

Mitt liv av Albert Näsman

Albert Näsman var i Stockholm i affärer. Han var en skogens man som ägnat större delen av sitt liv åt skogsbruk. Tidigt på morgonen hade han tagit tåget från Kramfors för ett möte med representanter för Skogsstyrelsen. Det fanns egentligen bara en sak som Albert Näsman var mer intresserad av än skog och det var böcker om skog. Intresset hade väckts när hans föräldrar på hans 7-årsdag gett honom första delen av Pelle Nordlanders praktverk om det norrländska skogsbrukets historia. Det var genom den boken som hans livslånga intresse för böcker och skogen hade väckts till liv. Ett intresse som bara hade vuxit sig starkare genom åren. När Albert Näsman nu passerade antikvariatet Boksvängen kunde han därför inte låta bli att ta en titt på klockan och konstatera att ett snabbt besök inne på antikvariatet skulle hinnas med innan mötet med Skogsstyrelsen.

På glasrutan till antikvariatet läste han den välbekanta texten: Antikvariat Boksvängen etabl. 1968, specialiserad på norrländsk litteratur. Kanske hittar jag idag den volym av Pelle Nordlander som jag saknar tänkte Albert Näsman och klev in i bokhandeln. Hans näsborrar noterade genast den distinkta lukten av damm, papper och läder som är så typisk för en samling av gamla böcker som befinner sig i den långsamma upplösningens tillstånd. Bakom disken nickade ägaren Robert Broman igenkännande till Albert Näsman, innan han fortsatte att diskutera priset på några böcker av Olof Högberg som en kund ville avyttra. Albert Näsman lät sig hemtamt uppslukas av hyllorna i antikvariatet. Det var inget stort antikvariat, men hyllor och gångar var som brukligt fyllda med gamla böcker från golv till tak. Han passerade en hylla med diktsamlingar och kunde snabbt konstatera att här fanns rariteter som Elsa Söderbergs debut "Min längtan" och Olle Nyströms "Det stora arbetet", men han såg inte till några exemplar av Gustav Hägglunds finstämda diktsamling om "Timmerpriset i mellersta Norrland", vilket han tyckte var synd. Det var en bok som alla antikvariat av aktning borde ha på sina hyllor.

Men det var hyllan med norrländsk historia som han stannade till vid och började snabbt gå igenom böckerna och hittade snart tre volymer av Pelle Nordlanders historik, men tyvärr var ingen av dem den del han sakande för att få en komplett samling. Han vände därför besviket tillbaka mot utgången och passerade på vägen ut avdelningen med biografier. Reflexmässigt skummade han av titlarna på hyllorna när han plötsligt stannade upp och backade. Där på hyllan stod en bok med titeln "Mitt liv av Albert Näsman". En biografi över någon som har samma namn som jag, tänkte Albert Näsman upprymd. Han plockade ner boken från hyllan och tog samtidigt en snabb titt på sitt armbandsur och hoppade till. Mötet! Han fick inte missa mötet! Var hade tiden tagit vägen? Han tog ett snabbt beslut och tog med sig boken bort till kassan och hade tur, kunden med Olof Högberg böckerna hade förhandlat till sig ett pris som han var nöjd med och avlägsnat sig, så Albert Näsman kunde snabbt betala boken innan han skyndade ner för gatorna mot Skogsstyrelsens lokaler.

Det var ett givande möte och efteråt hade man gått ut för att äta middag och dricka en och annan grogg. Därför blev det ganska sent innan Albert Näsman kom till hotellet där han skulle övernatta. Han gick genast och la sig för imorgon skulle han upp tidigt för att fortsätta sin resa söderut. Han skulle nämligen ta ett morgontåg ner till Malmö för att lyssna på ett seminarium om det skånska skogsbruket diversitet vid Alnarps lantbruksuniversitet.

Efter en god natts sömn och en stadig frukost befann sig nu Albert Näsman vid Stockholm Centralstation. Av informationsskyltarna förstod han att det på grund av ett tekniskt fel på loket så skulle hans avresa till Malmö bli försenad. När Albert Näsman efter nästan en timmes försening äntligen kunde stiga på tåget var han mäkta irriterad och stressad. Han slog sig ner på sin plats och tog upp ett exemplar av Dagens Nyheter som låg framför honom på sätet. På första sidan läste han den 31 mars 1975. Han blev genast lite gladare till sinnet när han insåg att det var en dagsfärsk tidning och efter att ögnat igenom börssidorna och konstaterat att skogpriserna hade stigit med 12 punkter kände han sig mer avkopplade och kom plötsligt ihåg boken han hade köpt på antikvariatet dagen innan och plockade fram den ur sin portfölj.

Den var en fint inbunden bok. På försättsbladet stod det "Mitt liv av Albert Näsman" av Albert Näsman. Ja det är ju jag det skrockade Albert Näsman inombords och vände bladet och började läsa. Redan efter ett par rader stannade han dock upp och såg sig förvirrat omkring. Han blev tvungen att läsa texten igen:

Mitt namn är Albert Näslund. Jag föddes den 10 maj 1925 i Gudmundrå socken. Min föräldrar var arbetare. Min far arbetade inom skogen och min mor tog hand om hemmet och drog in lite extra inkomster genom att tvätta och städa åt andra människor. Trots att vi var ganska fattiga stod bildningen alltid högt i kurs i mitt barndomshem. Min första egna bok fick jag vid sju års ålder. Det var första delen i Pelle Nordlanders praktverk om det norrländska skogsbrukets historia.

Men det här handlar ju om mig utbrast Albert Näslund högt till sina medpassagerares förvåning. Vem hade skrivit den här boken och gett ut den i mitt namn? Får man verkligen göra så? Var det inte någon form av urkundsförfalskning? Han beslöt sig att när han kom hem att rådfråga en av sina vänner som var jurist och som brukade hjälpa honom med kontrakt och andra affärsavtal. En stämningsansökan skulle man väl åtminstone kunna skriva ihop.

Han läste obehaglig till mods vidare ur boken. Här fanns hela hans liv beskrivet. Hur han efter skoldagens slut brukade följa med fadern ut i skogen och av honom lärde sig allt om träd, virke och skogsbruk. När han hade tagit examen från grundskolan hade han direkt börjat arbeta på sågen och för sin första lön hade han köpt aktier och lyckats så bra med sina investeringar att han byggt upp en egen liten förmögenhet som han sedan återinvesterade i skog och med åren hade han blivit en stor och betydelsefull skogsägare i Västernorrland. Parallellt med skogen byggde han upp en stor samling med böcker som avhandlade allt som hade med skog, träd och skogsbruk att göra, från diktsamlingar till torra akademiska avhandlingar i ämnet. Genom åren hade han blivit en kunnig auktoritet inom skogsbruket och fått flera tunga uppdrag inom skogsindustrin och skogsförvaltningen.

Den metalliska rösten från tågets högtalare avbröt hans läsning.

-Vi närmare oss Nässjö. Nässjö nästa.

Han ignorerade rösten och fortsatte intensivt att läsa:

I slutet av mars 1975 tog jag ett tidigt morgontåg ner till Stockholm för att träffa några representanter för Skogs-styrelsen för ett viktigt möte. På väg till mötet passerade jag antikvariatet Boksvängen och kunde inte låta bli att ta en snabb titt för att se om de hade fått i den där volymen av Pelle Nordlanders praktverk om det norrländska skogsbrukets historia som jag saknade i min samling. Tyvärr hittade jag inte boken jag sökte, men på vägen ut såg jag i en bokhylla en bok med titeln "Mitt liv av Albert Näsman". Det var så oväntat att det fanns en bok med mitt namn på att jag bara måste köpa den. Jag glömde under dagens intensiva möten helt bort boken tills jag dagen efteråt satt på tåget mot Malmö, då kom jag på att jag hade köpt den och tog då upp den ur min portfölj och började läsa den.

Albert Näsman insåg att berättelsen om Albert Näslund i boken hade kommit till samma tidpunkt som han själv befann sig i nu. Men hur kunde den som skrivit boken veta vad som skulle hända honom de senaste dagarna? Han noterade dessutom förvånat att biografin verkade ta slut här. Det var bara en sida kvar i boken och han kände en obehaglig känsla inombords när han vände på bladet för att läsa slutet på berättelsen om Albert Näsmans liv. Det var då det hände. Plötsligt kände Albert Näsman hur hela tåget krängde till och att han flög handlöst omkring i tågvagnen innan allt svartnade för ögonen.

Boken återfanns senare en bit från olycksplatsen och då man inte kunde återfinna ägaren till boken bland de överlevande skickades den med hjälp av antikvariatets stämpel tillbaka därifrån den kom. Några dagar senare packade Holger Broman förvånat upp boken ur postskörden. Han granskade den noggrant innan han öppnade den. När han läste titeln på försättsbladet bleknade han och stängde den genast. Redan samma dag skickade han boken vidare som expresspaket till sin släkting i Kramfors så att den skulle vara i säkert förvar i det hemliga biblioteket i den bromanska släktgården.

Resan till Sjuluru

Från bokhyllan tog Hilbert Broman ner en liten och sliten gammal bok. Han öppnade den försiktigt och läste på det gulnade försättsbladet "Meine Reise nach Sjuluru im Jahr 1677" von Hans Hollsten, Johann Winterburger Drucken Vienna, 1679. "Resan till Sjuluru" det var en av de märkligaste reseberättelserna som Hilbert hittills hade hittat i det hemliga bibliotekets samlingar.

Boken var skriven av Hans Hollsten som födde i en smedsläkt i början av 1600-talet i Schleswig-Holstein i nuvarande Tyskland. Vid 14 års ålder bröt Hans upp från familjen för att söka jobb vid järnbruken i Värmland som var i stort behov av kunnig arbetskraft. Han arbetade ett par år inom den framväxande gruvindustrin och avancerade snabbt till bergmästare, innan han av okänd anledning bröt upp och begav sig österut. Några månader senare befann han sig i Gävle innan han fortsatte sin resa norrut. Han slog sig ner i Gudmundrå Socken, sedermera Kramfors, där han försörjde sig på diverse olika yrken, bland annat ägnade han sig åt prospektering i de djupa skogarna och det var under en av dessa utflykter som han råkade ut för det märkliga äventyr som han sedan nedtecknade och gav ut i bokform.

Boken är skriven på äldre tyska och ganska svåråtkomlig för dagens läsare så därför följer här en moderniserad svensk översättning:

Min resa till Sjuluru år 1677

Under några veckor hade jag genomsökt skogarna kring den svarta tjärnen efter nya mineralfyndigheter. Jag hade hittat en del intressanta fynd som pekade på att det i området kunde finnas mineraltillgångar som koppar, järn, silver och guld som skulle kunna brytas. En dag hittade jag i skogen en berghäll med gamla ristningar som visade att trakten varit bebolig sedan lång tid tillbaka. Längre in i skogen fann jag sedan en bergvägg som reste sig ett par meter upp från marken. Det fanns tydliga kvartsgångar i berget och på marken spår av vulkaniter som är tydliga tecken på förekomst av guld. När jag letade vidare på marken hittade jag under de täta ormbunkarna en öppning rymlig för en vuxen människa att ta sig ned i. Nyfiken tände jag min bergslampa och firade mig ner i hålet. I grottan hittade jag på marken skelettdelar av djur och jag antog att hålan kunde vara boplats för ett rovdjur.

Väggarna i grottan hade tydliga inslag av kvartsådror och när jag följde den bredaste ledde den mig vidare genom en smalare gång in i berget. Jag fick åla mig fram i den trånga gången, men min rädsla övervanns snart av mitt första fynd av den gyllene metallen. Med min hacka kunde jag knacka loss en liten bit med tydliga spår av guld. Jag kröp ivrigt vidare in i berget utan tanke på riskerna och längs min väg samlade jag på mig fler små stenar med guldkorn i. Plötsligt tog tunneln slut och min väg hejades av ett ras. Efter en del arbeta lyckades jag frigöra passagen och kunde krypa ut på andra sidan. Till min stora förvåning möttes jag av ett kraftigt vinddrag och jag befann mig i en stor tunnel där jag kunde stå upprätt. När jag undersökte tunnelns väggar närmare kunde jag konstatera att det troligen var tunnlar där lavaströmmar en gång i forntiden hade runnit och gröpt ut berget. Jag kunde inte längre ser några spår av guld i berget utan guldåldern hade troligen vikit av i en annan riktning i berget.

Min nyfikenhet tog dock överhand. Vart kunde tunneln leda? I skenet från min lykta följde jag tunneln. Det var enkelt att ta sig fram i den breda tunneln och jag kunde snabbt ta mig framåt. Jag måste ha gått i nästan en timme när jag plötsligt kände hur jag började glida neråt. Fötterna fick inte längre något fäste mot den slippriga ytan och trots att jag kastade mig ner mot marken för att försöka dämpa farten kände jag plötsligt hur jag föll över en brant kant och ner i djupet. Förlamad av skräck kände jag hur farten ökade och insåg att jag skulle dö när jag träffade marken. Den ångestfyllda insikten fick mig att utbrista i ett desperat skrik, men efter att jag hade fallit i ett par minuter utan att träffat marken försökte jag samla mig och se mig omkring. Men jag föll i ett kompakt mörker som aldrig verkade vilja ta slut. Jag vet inte hur länge jag föll det kändes som en evighet med så såg jag nedanför mig en ljus prick som blev starkare och starkare samtidigt som en kraftig uppström av varm luft slog emot mig och började bromsa min fart. Skräcken återvände när jag insåg att jag höll på att ramla rakt ner i en underjordisk vulkan. Vad skulle annars kunna förklara värmen och ljuset här nere i underjorden?

Farten hade minskar betydligt och nu såg jag botten. Den var vit och skimrade. Snö, is eller sten tänkte jag innan jag slog i marken. Till min förvåning landade jag på en mjuk matta av något som påminde om mossa som dämpade mitt fall. Trots det kände jag mig ganska mörbultad och omtumlad efter fallet, men jag var i alla fall vid liv! Jag stapplade upp på osäkra ben och såg mig omkring. Jag befann mig i en stor underjordisk tunnel. Det fanns stora genomskinliga bergkristaller i väggarna och från dessa fönster kom ett svagt milt ljus som lyste upp omgivningen. När jag försökte kika in genom ett av fönstren höll jag på att bränna mig av värmen som strålade ut från det. Bakom den tjocka kristallen kunde jag skymta en trögflytande röd massa som jag antog var magma som förklarade ljuset och värmen som strömmade ut från fönstret.

Jag följde tunneln som efter några hundra meter tog slut och öppnade upp sig i det största bergrum jag någonsin hade skådat. Det måste ha haft en takhöjd på flera hundra meter och sträckte sig över ett område på tiotals kilometer. Marken var täckt av vit mossa och små buskar med vita frukter. I fjärran verkade det till min förvåning finnas någon stor byggnad, det såg ut som en stad omgärdad av en hög mur. Jag började gå mot staden och efter att ha vandrat i mossan ett tag stod jag på en väg som var belagd med svarta stenar som var formade som sjuhörningar. Jag följde vägen som ledde mot staden.

Efter ett tag såg jag några varelser som kom gående emot mig. Jag funderade på att fly, men min nyfikenhet fick mig att stanna och ta reda på vilka det var som kunde bo så här långt ner i underjorden. När de kom närmare såg jag att det var sju ganska kortväxta smala varelser. Deras hud var grå, nästan genomskinlig. De saknade all kroppsbehåring men det märkligaste var deras ögon. De var stora svarta ovaler och påminde mig om fiskars ögon som lever i tjärnar där det saknas tillräckligt med solljus. De bar på långa stavar och när de såg mig ryggade de tillbaka och höjde sina stavar och i ena änden tändes ett vitt skimrande ljus. Senare skulle jag få lära mig att väktarnas vapen kallades Umz och ljuset var mycket kraftfullt och kunde skära i sten och skickas i väg med dödlig kraft mot fienden.

Männen omringade mig med sina Umz och tilltalade mig på sitt språk. Språket verkade bestå av korta ord och stavelser som de liksom sjöng fram i olika tonarter. För mina öron lät det mycket vackert men jag kunde inte förstå vad det sa. De förstod nog att jag inte förstod dem så de tittade på varandra och sa knerw Bjarn och nickade. Sedan pekade de på mig och jag omringades av sex av varelserna och vi fortsatte resan mot deras stad. Den sjunde varelsen gick en bit bakom oss. Det var inget som jag reagerade på då, men jag fick sedan veta att dessa varelser som kallar sig själva för Sju har byggt sitt samhälle kring siffran sju och det är inte tillåtet att samlas i grupper större än sju då det är förbjudet.

Desto närmare vi kom staden desto fler varelser fick jag se. Några höll på att skörda mossa och frukter från buskarna. Mossan och frukterna som kallas för be var deras huvudsakliga föda. Jag såg också djur som hoppade omkring på slätten. Jag trodde först att det var harar men när jag fick se ett av djuren på närmare avstånd liknade de mer jättestora vita kaniner med långa svansar. Det var många nyfikna varelser som stannade upp längs vägen och tittade och pekade på mig. Jag minns att några ropade knerw åt mig.

Staden var omgärdad av en hög mur byggd som en sjuhörning med sju torn. Uppe på krönet av muren och i tornen stod väktare i grupper om sju och bevakade omgivningen. Längre fram skulle jag få lära mig mer om deras fruktansvärda fiende som de dag och natt spanade efter. Mina väktare förde in mig genom den stora stadsporten till en byggnad som tydligen var deras rådhus där de sju visa i rådet var församlade framför ett sjuhörningt bord och på bordet låg sju sjusidiga stenar med tecken som påminde mig om tärningar. När jag klev fram till bordet avlägsnade sig två av de vise och någon ropade knerw Bjarn och en man steg fram till bordet. Jag säger man för han påminde om en människa. Han var lite längre än de andra varelserna, var mörkare i skinnet och hade lite hår och lite skägg. Hans ögon var svarta men mindre än varelserna.

-Välkommen till Sjuluru sa mannen. Mitt namn är Bjarn.
Jag såg förvånat på Bjarn. Han talade svenska. Visserligen en mycket ålderdomlig och svårförståelig svenska, men det gick att förstå vad han sa om jag ansträngde mig.
-Var är jag? Vad är det här för ställe? utbrast jag förskräckt.
Jag såg att Bjarn inte riktigt förstod vad jag sa. Så jag fick anstränga mig för att tala långsamt och tydligt och inte använda svåra ord.
-Du är i Sjuluru. De sju stenarna ska nu avgöra ditt öde. Ta de sju stenarna och kasta dem på bordet. Bjarn pekade på stenarna på bordet.

Jag gick långsamt fram till bordet och tog upp de sju svarta stenarna i handen och tittade osäkert på Bjarn. Han visade med handen att jag skulle kasta stenarna, vilket jag då gjorde. När stenarna hade stannat tog Bjarn tag i min arm och drog mig bort från bordet så de sju vise kunde ställa sig runt bordet. De tittade på stenarna och började diskutera och slå i en stor bok, som var Sjulurus lagbok. Allt i deras värld bestämdes och reglerades nämligen efter de tecken som de sju stenarna visade och vad som sedan stod i deras lagbok. Efter en överläggning vände de sig mot mig och en av de vise pekade på mig och sa:

-Knerw lo!

-Vad säger dem? frågade jag Bjarn.

Bjarn log och såg på mig.

-Du får leva och stanna hos oss.

-Leva? Jag insåg då att om stenarna hade hamnat i en annan ordning så skulle jag ha signerat min egen dödsdom.

-Kom, Bjarn tog mig i armen och drog med mig ut i staden. De varelserna som stannade till och tittade på mig längs vägen svarade Bjarn med "Knerw lo!" Då nickade de och gick vidare.

Bjarn förde mig genom stadens gator till ett litet hus som vi gick in. Det var här Bjarn bodde. Rummet var sjukantigt och sparsamt möblerat. Bjarn bad mig slå mig ner och gick och hämtade mossa, vita bär och vatten som han serverade mig. Mossan smakade inte så mycket, lite salt och mineraler medan frukterna påminde om rova i smaken. Jag var hungrig så jag åt med gott mod.

Under de närmaste veckorna bodde jag hos Bjarn. Jag följde varje morgon med honom till hans arbete som bestod i att skörda mossa från de stora fälten utanför stadsmuren. Av Bjarn lärde jag mycket om Sjuluru. I början hade vi svårt att förstå varandra men efter några dagar insåg jag att Bjarn bättre förstod vissa ord på tyska än på svenska, så vi lyckades så småningom kommunicera ganska bra. Bjarn berättade för mig mer om landet Sjuluru och dess innevånare.

Först hade Bjarn förklarat varför han kunde prata svenska. Bjarn var en släkting till en man som hette Björn som liksom jag råkade hamnade i Sjuluru av misstag för länge sedan. Björn hade jagat i skogen ovanför jorden och krupit ner i ett björnide för att dräpa en björn men björnen hade börjar jagat honom genom en underjordisk tunnel och han hade liksom jag fallit ner för ett stort stup innan han landade i Sjuluru. Tärningarna hade skonat hans liv precis som mitt och han hade av varelserna i Sjuluru betraktats som en knerw, som jag fick förklarat för mig var en underlägsen varelse och därför inte fick delta i samhällets funktioner eller bo i staden. Men under den stora striden med de som har fler armar än sju hade Björn räddat en av de vise från en säker död och utnämnts för sitt hjältemod till knerw, en underlägsen varelse som man tolererade och som därför fick bo inom stadsmurarna. En Sju hade sedan fått en avkomma med Björn, avkomman blev en knerw. Det vill säga någon som bara är till hälften underlägsen en knewr. Det visade sig alltså att Bjarn var son till Björn och på så sätt lärt sig språket som hans far talade.

På tal om språk så tog det ett bra tag innan jag förstod hur språket i Sjuluru var uppbyggt och jag förstod därför inte vad det var för skillnad på en knerw och en knerw som Bjarn pratade om. Sjus språk måste man, precis som allting i deras värld, förstå utifrån talet sju. Deras språk består av många korta ljud som un, de, tu, um, du och så vidare som i sällsynta fall kan sättas ihop till längre ord som knerw, som består av orden kn er och we. Antalet ord är ganska begränsat i deras språk men eftersom alla ord kan sägas i sju olika tonarter och i sju olika tempon, vilket gör att det låter som de sjunger när de talar, så blir språket väldigt varierat. En knerw och en knerw är helt olika saker beroende på i vilken tonart och i vilket tempo det sägs i. Under min vistelse i Sjuluru lärde jag mig aldrig tekniken att prata deras språk, utan mina försöka resulterade mest i komiska missförstånd.

Jag tyckte förstås att det var märkligt att Bjarn talade en sådan uråldrig och svårförståelig svenska om han nu var son till en svensk man. Det kunde inte ha varit mer än 50 år sedan Björn kom till Sjuluru, så hur kom det sig att språket var så svårt att förstå? Kom Bjarns far kanske från ett annat land, som Island undrade jag? Bjarn log och sa att han far hade dött för många hundra år sedan och då talade man så i Sverige. Bjarn förklarade sedan att en Sju aldrig blev sjuk och de verkade leva för evigt. Bjarn hade aldrig sett någon Sju dö utan bara hört om de som stupat och hedrats i det stora kriget med de som har fler armar än sju. Det var ett krig som hade utspelat sig när hans far Björn ännu levde. Han visste inte hur gammal en Sju kunde bli men han trodde på flera miljoner år eller mer. Han själv var ju en knerw och inte en renrasig Sju så han trodde därför inte han skulle leva lika länge som en Sju. Kanske en miljon år om han hade tur, men det var ingen som visste eftersom han var den först knerw som levt i Sjuluru.

Det fick mig att börja fråga mer om de Sju? Var kom de ifrån? Hur fungerade deras samhälle och vilka var de med fler armar än sju som de var så rädda för?

Bjarn gjorde sitt bästa för att försöka svara på mina många frågor. Jag förstod att de Sju ursprungligen kom från himlen, kanske var de änglar, som en gång i urtiden bott på jorden. Men efter den stora himlasmällen blev deras värld obeboelig. Himlen förmörkades av ett stort stoftmoln och djur och växter hade dött, vattnet hade blivit odrickbart och kylan slagit sitt grepp om jorden. Sju hade då valt att flytta ner i underjorden till den här platsen och skapat ett nytt samhälle som de kallar Sjuluru. Sju för deras samhälle bygger på siffran sju och luru efter den stad som de tvingades lämna uppe på jorden. De hade nu bott i miljoner år här nere i underjorden avskurna från yttervärlden. De livnärde sig på mossa, de vita frukterna och köttet från de stora djuren som betade på slätterna. Av Bjarn fick jag veta att djuren som jag tyckte såg ut som jättekaniner kallades för Ka ru av varelserna och hade följt med dem som boskap när de tvingades flytta ner i underjorden.

Som nämnt bygger Sju sitt samhälle kring siffran sju. Man använder sig av sju sjusidiga tärningar för att ta alla viktiga beslut. När de vise eller den person vars öde ska avgöras har kastat tärningarna rådfrågar de vise en omfattande regelbok som bestämmer vad som ska hända, det kan vara allt från krigsbeslut, när man ska skörda, föreningar mellan olika varelser eller avgöra en främlings öde. All deras vetenskap, arkitektur och kultur bygger på siffran sju. Sjuhörningen är därför den form och symbol som återfinns överallt i staden. Om något är mer än sju betraktas det som un sju och anses vara ett allvarligt lagbrott och straffas hårt. Man får därför inte vistas mer än sju personer i samma grupp eller ens ha mer än sju frukter i samma skål. Utan då måste det delas upp i grupper om mindre än sju för att inte bryta mot lagen.

Den flod med vatten som rinner utanför staden har sitt ursprung i ett par vattenfyllda grottor långt bort på andra sidan slätten. I dessa djupa grottor bor de fruktansvärda monstren som Sju kallar de som har fler armar än sju. Av Bjarns beskrivning verkade det vara någon form av gigantiska bläckfiskliknande urtidsmonster. Jag antog att eftersom de hade åtta tentakler så ansåg man att monstren var ett brott mot det perfekta talet sju och därför ett hot mot deras värld. För flera hundra år sedan när Björn levde hade floden en dag översvämmats och de fasansfulla monstren kommit upp ur sina hålor och simmat längs floden och attackerat staden i mörkret. Väktarna hade bekämpat dem med sina ljusvapen och till slut lyckats driva tillbaka monstren ner i deras hålor. Flera väktare och varelser hade dödats av monstren under striden. Jag rös när jag hörde Bjarn berätta om dessa hemska monster.

Jag hade varit Sjuluru ett par månader när jag plötsligt vaknade en morgon av att hela huset skakade våldsamt. Jag lyckades i panik kravla mig ut på gatan och möttes av ett kaos. Varelserna sprang omkring i grupper om sju och väktare (också i grupper med sju) skyndade nedför gatorna mot försvarsmuren. Bjarn hade också lyckats ta sig ut från huset och jag frågade honom vad som hände.

Han lyssnade på de korta sjungande ropen som fyllde gränderna och berättade sedan för mig att ett av tornen hade rasat av skalvet och skyddsmuren hade fått stora skador. Vattnet steg hastigt i floden och man har observerat hur de som har fler armar än sju hade börjar krypa ut ur sina hålor. Alla väktare och andra som kunde försvara staden hade beordrats till muren. Staden var under attack.

-Jag måste hjälpa till och försvara staden förklarade Bjarn och började springa mot muren. Jag hakade på, men bland alla andra varelserna tappade jag snart bort honom. När jag äntligen kom upp på murkrönet försökte jag hitta Bjarn, men jag såg honom ingenstans. Jag gick då obetänksamt fram till en grupp väktare för att fråga om de sett Bjarn. En vaktarna såg chockad på mig och utbrast förskräckt "Knerw un sju bo!" Och med sitt ljusvapen gav han mig en kraftig stöt. Stöten var så kraftig att jag kastade över murkrönet och föll ner mot marken. Jag hade förmodligen dött av fallet om jag inte hade haft en obeskrivlig tur, för precis under mig hade varelserna lagt upp ett stor lager av mossa som skulle föras in i staden under dagen. Så jag landade rakt i mosshögen.

I min iver att hitta Bjarn hade jag glömt bort en av Sjulurus viktigaste lagar, att man inte får vara mer än sju i en grupp. Jag hade utan att förvarna väktarna gått in i deras grupp så att de blev åtta. Väktaren hade chockat utbrast:

- Din ovärdiga du bryter mot den heliga lagen om sju. Och därefter för att tillrättavisa mig gett mig en stöt med sitt ljusvapen, en stöt som olyckligt fick mig att falla över muren. Nu låg jag alltså utanför stadsmuren på en stor hög av mossa. När jag reste mig upp såg jag hur vattnet forsade allt snabbare fram i floden och hur fälten runt omkring mig översvämmades. Jag såg också hur tusentals slingrande ormar snabbt närmade sig i vattnet. Jag insåg snart att det inte var ormar utan tentaklerna på de hemska urtidsmonstren som närmade sig staden. Jag kom snabbt på benen och sprang längs muren till stadsporten som var stängd och låst. Jag bultade desperat för att bli insläppt men utan respons. Flodens vatten hade nu nästan nått fram till muren och med den även de gigantiska bläckfiskarna, som sträckte sina tentakler upp mot murkrönen och försökte klättra upp. Jag insåg att om jag stannade kvar skulle jag vara ett lätt byte och tog därför beslutet att försöka ta mig så långt bort från staden som möjligt och leta mig tillbaka till den tunnel varifrån jag kom och i skydd av den vänta ut striden.

Jag började springa mot tunneln. Jag hann nätt och jämnt ta mig över bron vid floden innan den sveptes bort av vattenmassorna. Jag sprang allt jag kunde. Bakom mig hörde jag hur vattnet forsade fram. När jag snabbt tittade bakom mig kunde jag se hur hela stadsmuren kryllade av tentakler och hur ljusblixtar från väktarnas ljusvapen lyste upp murkrönet. Framför mig såg jag tunneln, men vattnet strömmade nu allt snabbare förbi mig och gjorde det svårt att springa. Precis när jag nådde tunnelmynningen slogs jag omkull av en stor våg och sveptes in i tunneln. Vattnet steg allt snabbare runt omkring mig och jag fick kämpa för att hålla mig över ytan. Jag trycktes med våldsam kraft upp mot tunneltaket, men lyckades i sista stund ta mig till öppningen som jag fallit ner i och snart sköts jag med stor kraft, som en kork, upp genom hålet med hjälp av vattentrycket bakom mig. Jag vet inte hur länge jag åkte uppåt men så slungades jag plötsligt ut i tunneln på marknivå och sveptes än en gång med av strömmen längs den gamla vulkantunneln. Efter en stund svängde vattenströmmen kraftigt och forsade ner i en obekant mörk tunnel. Jag hamnade under vattnet och drogs med av strömmen tills jag märkte att jag snabbt började stiga uppåt igen. Plötsligt bröt jag vattenytan och omtumlad såg jag mig omkring och insåg att jag hade flutit upp i den svarta tjärnen.

Jag simmade in till stranden där de besynnerliga människorna som har bosatt sig vid tjärnen stod och väntade på mig. De såg förvånat på mig. Jag hade bara sett dem tidigare på avstånd när jag hade letat efter mineraler i skogarna. De höll sig på sin kant och undvek andra människor. Nu när jag stod nära dem kändes deras ansiktsdrag bekanta. Visserligen var deras ansikten sotiga och smutsiga från de öppna eldstäderna i deras trånga bostäder, men jag kunde ändå ana att bakom smutsen verkade huden vara grå och ljus på något konstigt sätt. De hade inte heller så mycket hår som jag trodde de skulle ha och deras ögon var ovanligt stora med mörka pupiller. Deras ansiktsdrag fick mig att tänka på Bjarn. När de frågade om jag mådde bra och behövde hjälp hörde jag visserligen att de pratade svenska, men deras uttal var korthugget men inslag av en melodisk dialekt som lät välbekant. Jag var fortfarande omtumlad och chockad över min upplevelse så jag skakade bara på huvudet och tackade och stapplade sedan vidare hemåt genom skogen. I bakgrunden hörde jag hur de pratade med varandra. Jag hann bara uppfatta ett par ord innan jag var utom hörhåll: Det stora skalvet, stenen sjöng, um de tu.

Så slutar Hans Hollstens reseberättelse. Ni undrar kanske vad som hände med Hans Hollsten sen? Jo, han återvände till grottan med förhoppning att åter hitta tunneln och ingången till Sjuluru. Men under den kraftiga jordbävningen som drabbade trakten i samband med hans återkomst till jordytan hade gången rasat igen. I stället hade en ny spricka bildats i berget som visade sig innehålla en riklig guldålder som gjorde Hans till en förmögen man. För guldet kunde han återvända till sitt barndoms hem där han sedan skrev ner sin reseberättelse och lät publicera den. Efter några år kände sig Hans rastlös och finansierade därför ett fartyg som skulle upptäcka världen. Det finns uppgifter om att skeppets slutligen nådde Australien men vad som hände med Hans Hollsten och hans besättning är oklart. Här slutar alla spår efter honom.

Hilbert ställde tillbaka boken i bokhyllan. Han gillade Hans Hollstens reseberättelse eftersom den påminde en del om av hans egen favoritroman, Jules Vernes "Resan till jordens medelpunkt", men också om en annan bok han hade läst som ung, "Vril, eller den kommande rasen" av den engelska författaren Edward Bulwer-Lytton. Det som gnagde i Hilbert var att när det kom till kritan så var det kanske inte bara en fantasifull berättelse som Hans Hollsten hade hittat på, utan det fanns något oroande bekant över berättelsen som påminde om de tunnlar som fanns under hans egen släktgård och alla de legender som florerade i hans släkt sedan lång tid tillbaka kring Lomtjärna och dess besynnerliga bosättare.

Den hemliga tunneln

Hilbert Broman satt vid datorn och läste mailet än en gång. Det var från Anders Andersson och det var inte första gången som Anders hade mailat honom. Han var en känd profil i trakten och en flitig konspirationsteoretiker. Sedan ett par år tillbaka drev han bloggen "Sanningen finns där ute" där han publicerade olika teorier och dikter med allehanda spekulativt innehåll som att det fanns en hemlig bas för UFOn i Ödsberget och att det fanns en hemlig anläggning i Babelsberget eller att Svalltornet egentligen byggdes som en missilsilo för att skjuta i väg kärnvapen ifall ryssarna anföll under kalla kriget. I vanliga fall brukade Hilbert förpassa mailen till papperskorgen men den här gången hade ämnesraden fått honom att reagera.

Ämne: Hemlig tunnel i Svalltornet byggd av Sju Svarta Drakar

Hej Hibbe!

För ett tag sedan skrev jag till dig om Ådalstunneln. Som du vet så byggdes tunneln i början av 60-talet, mitt under kalla kriget. Officiellt var det för att förse massaindustrin med sötvatten, men vi vet alla att den kapacitet och de mått som tunneln har vida överstiger behovet. Det egentliga syftet vara att skapa en underjordisk ubåtsbas för de amerikanska ubåtarna som skulle hjälpa oss att försvara Sverige ifall ryssarna anföll. Svalltornet är ju bara en kuliss, någon ventil för att släppa ut vatten behövs egentligen inte. Tornet byggdes för att enkelt kunna göras om till en missilsilo för att skjuta upp långdistansmissiler med kärnvapen så amerikanarna kunde få ett försprång vid ett kärnvapenkrig.

Jag har fortsatt att forska i ämnet och prata med en del gamla gubbar som var med vid bygget och hittat något intressant. Min informatör Olof kom ihåg att när de byggde Svalltornet så var det en grupp utländska arbetare som jobbade med en sidotunnel. Officiellt sa man att det var en servicetunnel, men jag har noga studerar ritningarna och tunneln finns inte med på dem. Därför grävde jag vidare och hittade via olika kontakter på nätet ett dokument där ett svenskt byggföretag "Byggsjuan" hade entreprenad på en kort sidotunnel. Men det företaget visade sig bara vara ett skalbolag som i sin tur ägdes av olika ägare i utlandet. Till sist lyckades jag i alla fall spåra den verkliga ägaren och det visade sig vara en rumänsk stiftelse som heter Sju Svarta Drakar. När jag nämnde det för Olof så kom han ihåg att de där arbetarna nog pratade rumänska och att de var ganska skygga och höll sig för sig själv. Han kom också ihåg att de var ganska kortväxta och det var något märkligt med deras ögon, mörka och liksom ovala. Olof berättade också ungefär var sidotunneln borde finnas.

Så jag tog mig bort till Svalltornet för några dagar sedan för att undersöka saken närmare. Jag gick ner för metalltrappan till botten av tornet och med hjälp av en värmekamera kunde jag se att en av väggarna avvek i temperatur så jag borrade upp ett litet hål så jag kunde stoppa in en kamera. Och vet du vad jag hittade? Jo, en tunnel som inte finns med på några ritningar! Jag vet nog var det är. Det är den tunnel som leder till kontrollrummet varifrån man skulle skjuta upp missilerna. Jag har inte vågat riva väggen för att undersöka tunneln närmare. Man måste nog ha tillstånd tror jag för att inte hamna i fängelse för skadegörelse. Jag såg inte så mycket av tunneln men på en av väggarna hade någon ristat några ord. Jag gissar att det är rumänska och eftersom jag vet att du är kunnig i språk tänkte jag att du kanske kunde översätta det till mig. Det stod: Ta dez un des. Vet du vad det betyder?

Hälsningar
Anders Andersson
Sanningen finns där ute!

Ta dez un des denna fras som ständigt dyker upp i den bromanska släktens historia och i olika skrifter. Hilbert visste att det i alla fall inte var rumänska utan att det var ett uråldrigt språk som hörde ihop med legenden om de sju stenarna. Stiftelsen De sju svarta drakarna kände han också till. Under våren hade han besökt sin fars gamle vän Nathana i Rumänien och blivit bekant med den charmerande kvinnan Lisa Toryhab som var styrelseordförande i stiftelsen Sju Svarta Drakar. Under besöket hade han bjudit in Lisa att besöka honom under sommaren och de hade tillbringat ett par varma och intensiva veckor tillsammans. De hade rest runt i Höga Kusten och tittat på olika besöksmål och pratat om stort och smått, men hon hade aldrig nämnt något om att hennes stiftelsen hade varit involverad i bygget av tunneln. Visste hon det inte eller dolde hon något för honom?

Hilbert beslöt sig för att kontakta Anders Andersson och se om det inte gick att utforska den hemliga tunneln närmare. Han hade en känsla att det kunde vara en viktig pusselbit kring hela den här historien som kretsade kring hans egen släkt och de människor som en gång i tiden bodde uppe vid Lomtjärna.

Några dagar senare rullade Hilberts bil med släckta lysen nedför den smala grusvägen och stannade framför det kantiga cementtornet som tornade upp sig bredvid Bollstafjärdens inlopp. Bredvid på passagerarsätet satt Anders Andersson. De klev ur bilen och gick fram till plåtdörren. Ur ficka plockade Anders fram en dyrkpistol och fick snart upp hänglåset.

-Jag köpte den för några hundralappar på nätet berättade Anders medan han öppnade ståldörren. Framför dem fanns en ståltrappa som ringlade sig uppåt och nedåt i tornet.

-Den här vägen. Anders tände ficklampan och började gå ner för trappan. Ett 20-tal meter ner tog trappan slut och de befann sig i ett tom rum. I golvet fanns en stållucka.

-Under luckan finns själva vattentunneln förklarade Anders, men vi ska hitåt.

Han gick bort till väggen och kände på den med handen.

-Här är hålet jag borrade. Jag fyllde igen det med lite fogmassa så ingen skulle se det. Han ställde ner den stora bagen som han hade burit med sig och öppnade blixtlåset och började plocka fram ett par släggor.

-Ska vi börja? frågade han och räckte över en slägga till Hilbert. Det första slaget med släggan ekade högt i cementtornet och de stannade förskräckt till.

-Vi får muffla släggorna.

-Va? Är ens muffla ett riktigt ord tänkte Hilbert eller var det någon form av ungdomsslang.

-Jag har gjort muffar av tvättsvampar som vi kan trä på släggorna för att dämpa ljudet. Vi vill ju inte att någon ska höra oss, eller hur?

Ur bagen tog Anders fram ett par tvättsvampar som han tejpade fast på släggorna med hjälp av silvertejp.

-Rena MacGyver prylarna det här skrattade Anders och började åter ge sig på stenmuren med släggan.

Efter en timme hade de lyckats få upp ett hål som var tillräckligt stort för att krypa in i. Anders kröp in först och sedan följde Hilbert efter. De befann sin i en tunnel där man kunde stå upprätt och som var ungefär 2 meter bred.

-Kom! Nu ska vi hitta det där kontrollrummet så ska jag allt visa alla skeptiker vem som har haft rätt hela tiden. Anders började gå snabbt framåt.

-Vänta ropade Hilbert efter honom. Inte så fort. Du vet inte vad som finns längre fram.

-Satan du har rätt! Det tänkte jag inte på. Amerikanarna har kanske försåtminerat hela stället. Vänta. Jag är strax tillbaka.

Anders klättrade tillbaka genom hålet och var strax tillbaka. I handen höll han en radiostyrd bild. Han slog på strömbrytaren och en stark lampa tändes på bilen. Han satte ner den på marken och tog upp fjärrkontrollen som också hade en bildskärm.

-Bilen har en kamera så vi låter den köra före oss så kan vi se vad som finns längre fram i tunneln.

Bilen körde snabbt i väg in i mörkret medan Anders stirrade på skärmen.

-Nu har den kört 100 meter och inte hittat något. Vad konstigt. Ett kontrollrum borde inte ligga så lång bort tycker man. Vi måste gå närmare bilen för radiosignalen räcker inte så långt här nere.

De började gå framåt i tunneln. Hilbert märke att den sluttade lite neråt och på kompassen såg han att de rörde sig ganska parallellt med den stora vattentunneln. Efter 100 meter stannade de vid bilen.

-Då kör vi en bit till sa Anders och bilen for i väg i mörkret.

-Det verkar vara stopp där framme. Tunneln verkar ta slut. Det är säkert där ingången är till kontrollrummet! Kom nu! Anders skyndade vidare genom tunneln.

De fann bilen framför en bergvägg. Tunneln slutade i utrymme som var ungefär tre-fyra meter i diameter. De undersökte väggarna noga men det vara bara kompakt berg.

-Asch! utbrast Anders besviket.   Det är ju bara en återvändsgränd. Det finns ju ingenting här.

Hilbert lyste på väggarna. Nej, det finns inget kvar här längre tänkte han. Vad det nu var som fanns här en gång i tiden så verkar man ha hittat det och fört bort det. Uthuggningen i slutet på tunneln tydde på att något hade funnits i berget som man hade huggit fram och sedan fört bort, men Hilbert var osäker på vad det kunde vara. Han funderade på vad som fanns ovanför hans huvud och minns historien om gruvan. Inte så långt från Svalltornet fanns en övergiven gruva i skogen. Det var mer ett dagbrott där man i slutet av 1800-talet grävde efter kvarts och fältspat. Fyndigheterna var dåliga så gruvan lades ner efter ett år. Men det cirkulerade andra historier också. Att man hade hittat något i berget. Ett föremål som gjorde att alla som arbetade vid tillfället blev svårt sjuka eller avled. Föremålet försvann sedan oförklarligt och gruvan lades ner. Kanske var det som man hade letat efter och hittat när man grävde sig fram genom berget. Hilbert sparkade runt bland småstenen som fanns på marken när han såg något som blänkte till i ficklampans sken. Han böjde sig ner och tog upp en svart polerad sten. Det påminde om en tärning med sju sidor och på varje sida fanns det någon form av tecken.

-Hittar du något? undrade Anders nyfiket.

-Bara lite kattsilver. Hilbert höll upp en bit vit glimmer i ficklampans sken.

-Allt är inte guld som glimmar som de säger. Jag tror det är bäst vi drar nu.

-Okej. Hilbert stoppade ner handen i fickan och kände på den märkliga tärningen som han hade hittat.

När de hade klättrat ut genom hålet i väggen började Anders genast att laga det. Han satte upp ett finmaskigt metalnät över hålet och tog fram en sprayburk och sprejade en massa över nätet som han sedan med en murslev jämnade till så att hålet täcktes helt.

-Ett trick jag lärde mig på nätet. Man sprejar snabbtorkande fixmassa på ett nät så kan du dölja vilket hål som helst på några minuter. Så länge ingen sparkar rakt in i väggen så kommer ingen att upptäcka det.

I bilen hem satt Anders tyst och funderade. När Hilbert stannade framför hans bostad såg han på Hilbert och frågade.

-Vad var det som egentligen stod på väggen? Det har jag glömt att fråga. Var det rumänska?

-Ja, det var det. Öh, det stod, jag ungefär som folk brukar klottra på väggarna när de är ute och reser i världen. Kilroy was here, fast en rumänsk variant, det stod att Tadez var här.

-Så synd. Jag trodde kanske det var en ledtråd eller nåt. Men jag ger inte upp. Kontrollrummet finns där någonstans. De hade det kanske längre bort? Man kan ju sitta långt bort och avfyra missiler bara man har dragit fram kablar. Det kanske finns i Babelsberget? Där finns ju ett hemligt skyddsrum långt under marken. Jag får forska vidare. Tack för hjälpen och sanningen finns där ute!

Anders slängde igen bildörren och Hilbert började köra hemåt. Under vägen hem tänkte han på Lisa Toryhab, om han skulle kontakta henne och höra om hon visste vad de hade grävt fram ur tunneln och vart föremålet hade tagit vägen. Han var säkert på att det måste vara något viktigt om Sju Svarta Drakar hade varit inblandade.

Fredrik Bokmans resedagbok från Australien

Fredrik Bokmans resedagbok från Australien är inte världens mest intressantaste läsning, utan innehåller till stor del ganska triviala anteckningar. Den långa resan med fartyget till Australien var ganska händelselös och i sin dagbok har Fredrik Bokman mest antecknat observationer om väder och vind, och vilka böcker som han läser under överfarten. Det är egentligen först i slutet av dagboken som hans anteckningar blir häpnadsväckande och minst sagt besynnerliga. Utan de sista sidorna skulle hans resedagbok knappast vara värd att uppmärksammas. Jag har därför försökt att sammanfattat det viktigaste från dagböckerna för att skapa en kronologi och i slutet citerar jag delar av originaltexten. Tyvärr verkar några sidor vara utrivna ur dagboken, sidor som skulle ha gett oss värdefull information om vad som egentligen hände Fredrik Bokman.

Fredrik Bokman kom från en välbärgad släkt. Släkten hade byggt upp en förmögenhet genom att frakta råvaror som timmer och virke till Europa som de sedan bytte till andra varor som skeppades och såldes vidare till hela världen. Tanken var att den enda sonen Fredrik skulle skolas in i familjebolaget och ta över verksamheten i framtiden. Han fick därför en gedigen klassisk utbildning och det visade sig att han hade en stor fallenhet för språk och lärde sig behärska många av dem som latin, hebreiska, grekiska, franska, tyska, engelska, ryska och så vidare. Sonen var dock mer intresserad av att läsa böcker än att ägna sig åt handel och fartyg. Inför hans myndighetsdag skickade hans far därför ut honom på en resa för att lära sig mer om det internationella bolag som han skulle överta i framtiden. Under ett drygt år skulle han resa runt i världen med bolagets olika fraktskepp och besöka olika kontor och handelsstationer för att bekanta sig med den verklighet som han skulle ta över.

Via Göteborg, Manchester, Rotterdam och Lissabon hamnade Fredrik på ett skepp som skulle föra honom via Sydafrika till Perth i Australien och så småningom vidare mot Asien. Den långa resan var som sagt ganska händelselös. Vädret var förhållandevis stadigt och inget ovanligt inträffade så Fredrik hann läsa en hel del böcker bland annat Strabos Geōgraphiká på originalspråk. Skeppet stannade några dagar i Kapstaden för att proviantera och lasta om. I staden träffade Fredrik en av bolagets representanter för den afrikanska marknaden innan resan fortsatte mot Perth dit man anlände i augusti 1832. Tanken var att Fredrik Bokman skulle stanna två veckor i Perth medan skeppet lastades om och träffa representanter för stadens köpmanförening och diskutera hur man kunde utveckla handeln under de kommande åren. Mellan mötena ägnade sig Fredrik åt att besöka olika museum och arkiv och det var under besöket på det historiska museet som han i en glasmonter såg en brandskadad träbit med namnet Plejaden på.

Texten vid montern berättade att Plejaden var ett tyskt skepp som 1684 hade anlänt till Perth för att utforska kontinenten. Ett myteri hade dock uppstått medan fartyget låg i hamn och en eldsvåda hade utbrutit på båten. Båten och en stor del av besättningen hade gått under i branden. De enda överlevande var den tyska upptäcktsresande Hans Hollsten och sex av besättningsmännen. De överlevande hade givit sig in mot kontinentens inre för att söka efter en ö i öknen. I montern hade Fredrik också upptäckt en gulnad bok med titeln "Meine Reise nach Sjuluru im Jahr 1677 von Hans Hollsten". Boken väckte genast Fredriks nyfikenhet. Han var ju bibliofil och en så gammal bok ville han naturligtvis undersöka närmare. Han lyckades övertala museumintendenten att få läsa boken.

När Fredrik Bokman hade läst ut boken visste ha vad han ville göra med sitt liv. Han ville ta reda på vad som hade hänt med Hans Hollsten och hans expedition. Här fanns det äventyr som han så länge hade drömt om och som han hittills bara hade läst om i böckerna. Med förevändning om att han ville utforska möjligheten att exportera fårull samlade han ihop en liten expedition och begav sig inåt landet.

Dagboken är ganska kortfattad när det gäller hans strapatser i den australienska vildmarken. Ofta står det bara datum och varmt, mycket varmt, solen steker, svår terräng, mycket trött osv. Men från den 22 september 1832 ändras allt. Vi kan i dagboken läsa följande anteckningar.

22 september
När jag vaknade var alla borta. De har övergett mig under natten och tagit med sig all utrustning. Jag har bara en fältflaska med vatten kvar. Var det här vad som drabbade Hans Hollsten? Ett myteri? Av urinnevånarna som vi träffade för några dagar sedan har vi fått reda på att det ska finnas en

enorm klippa som står helt ensam i öknen, som en ö i sanden. Det måste ha varit den som Hans Hollsten letade efter. Jag får försöka navigera efter solen och stjärnorna. Jag hoppas klippan inte är allt för långt borta.

23 september

Det är mycket varmt. Vattnet är slut och jag hittar inget att dricka. Jag vet inte hur länge jag kommer att klara det här. Det krävs ett under för att jag ska nå mitt mål. Om någon skulle hitta min anteckningsbok så meddela mina kära föräldrar att jag ångrar att jag gav mig i väg på denna helvetiska resa.

27 september

Jag har legat medvetslös några dagar. Jag måste ha stupat av värmen och vattenbristen. Några urinnevånare hittade mig och tog hand om mig. De räddade mitt liv och har skött om mig så jag känner mig bättre. Jag har börjat lära mig några ord på deras språk. Det verkar inte så svårt att lära sig.

10 oktober

Jag har helt återställd och jag har lyckats lära mig de grundläggande delarna i deras språk och kan föra korta samtal med dem. De tror att jag är någon slags inkarnation. Enligt en gammal legend så kom en vit man till deras stam för många många måncykler sedan. Kan det ha varit Hans Hollsten? Den vita mannen förde med sig en helig svart sjukantig sten och kände till deras hemliga språk som deras förfäder brukade sjunga. Den vita mannen sa att han sökte efter Uluru.

Uluru är jag fått lära mig är namnet på det heliga berget som ligger som en ö i öknen. Enligt deras gamla legender var det stjärnfararna som i urtiden bodde där. Det fanns en stor stad där med många varelser. Men efter den stora smällen då allt blev mörkt och kallt försvann alla från Uluru. Den fruktbara jorden förvandlades till en ofruktbar öken. Ingen kan längre leva där och platsen vaktas av den hemska.

11 oktober
Jag har övertygat mina räddare att visa mig vägen till Uluru. De säger att det är en dagsresa dit. Vi ger oss av tidigt imorgon.

12 oktober
Denna värme. Men vid lunchtid såg jag berget. Det var som en ö i öknen. Det verkar enormt. Vi är nog framme vid kvällen.

13 oktober
Jag förstår att man känner vördnad inför denna plats. I gryningen glöder klippan röd i solen och skiftar färg under dagens lopp. Den äldste säger att stammen inte får beträda den heliga marken av rädsla att väcka den hemska. Jag som de tror är den utvalda kan dock beträda marken men måste först genomgå en ceremoni för att få gudarnas godkännande.
Ceremonin var märklig. I sanden ritade de upp en kvadrat i en cirkel där jag fick sitta i mitten. Jag fick sedan dricka en äcklig varm sörja. Männen drack samma sörja som de sedan spottade över mig. Den äldste sjöng någon form av bön på deras heliga språk. Det liknade inget språk jag tidigare hört. Det bestod av korta ord som de, um, tu, do med en melodisk slinga som

verkade upprepas i olika tonarter. Till sist tog den äldste fram en liten skinnpåse och plockade fram sju svarta tärningar. Han kastade tärningarna på marken. Sju av stammens medlemmar tolkade och diskuterade ivrigt med varandra tärningarnas betydelse innan den äldste vände sig till mig och berättade att gudarna gav mig tillstånd att resa in i det heliga området. Men jag skulle akta mig för den hemske och att jag kommer att möta min tvilling under resan.

Något svar på vad den hemske är fick jag aldrig veta utan bara att den inte fick nämnas vid namn. Inte heller fick jag något svar på vad som menades med min tvilling. Jag tog farväl av mina vänner och begav mig till berget. När jag kom fram började jag gå längs med bergssidan ihop om att hitta något spår av Hans Hollstens expedition. Solen stekte från himlen och jag svettades kopiöst. Vid lunchtid var jag alldeles utmattad och försökte hitta någon plats att vila mig på. Lite längre fram såg jag en liten skreva i berget som jag lyckades tränga mig in i. Det var skugga och svalt så jag satte mig för att vila ett tag. Medan jag drack vatten ur min fältflaska granskade jag bergväggen och lade märke till ett par streck som verkade gjorda av människor. När jag undersökte dem närmare såg jag att det var två H:n som någon ristat in i berget. Kunde det vara Hans Hollsten? Hade han också sökt skydd för solen här?

Jag trevade mig lite längre in skrevan. Den var mycket smal, jag fick pressa mig fram i den, men plötsligt vek den av till höger och blev lite bredare. På väggen såg jag två H:n till så jag fortsatte framåt i min jakt efter Hans Hollsten. Efter ett tag befann jag mig i en korridor. Jag säger korridor då det verkade som om tunneln hade huggits ut för hand. På golvet låg ett fint lager av vit sand som skimrade och skapade ett svagt ljus som lyste upp min väg. Korridoren delade sig men som tur var hade Hans Hollsten ristat sina H:n på den ena tunnelväggen så jag följde dem. Tunneln delade sig hela tiden och svängde fram och tillbaka så jag blev alldeles förvirrad i vilken riktning jag gick. Tunnelsystemet påminde mig om en labyrint och hade det inte varit för H:na på väggarna skulle jag ha gått vilse för länge sedan.

Jag vet inte hur länge jag gick omkring i tunnlarna. Det kände som en evighet när jag såg ett starkt ljus lysa i slutet av tunneln. Framför mig öppnade sig en stor underjordisk sal som skimrade i en svag blå ton. I det cirkelformade bergrummet fanns en stor blåskimrande sjö i mitten. Rummet var stort, vackert och häpnadsväckande. Det såg ut som det fanns kolumner längs väggarna och andra stenformationer som påminde om byggnader, men allt var starkt eroderat av tidens tand så det var svårt att veta exakt vad det var.

Jag gick hänförd in rummet och såg nu att det inte riktigt var cirkelformat som jag trott från början utan det verkade indelat i segment. Jag räknade till sju stycken. Den blåskimrande sjön som glittrade i mitten lockade med sitt svalkande vatten. Jag ställde mig vid kanten och tittade ner i det kristallklara vattnet. Långt därnere syntes en liten svart prick som rörde sig. Den verkade bli större och komma närmare. Vad kunde det vara? Jag lutade mig över för att se bättre. Den verkade pulsera. Var det ett djur eller något annat? Den rörde sig väldigt fort och snart insåg jag att det som pulserade var utstickande fenor eller något liknande. Allt hände sedan väldigt fort. Varelsen verkade ha fått ögonkontakt med mig och ökade farten explosivt. Jag insåg att det var en liten bläckfisk som kom simmande mot mig. Men min hjärna hade helt missbedömt avstånden i det kristallklara vattnet. Sikten måste ha varit flera tusen meter så det jag antog vara en liten bläckfisk växte med fruktansvärd fart sig allt större framför mina ögon. Jag kastade mig chockad bakåt och kröp förskräckt därifrån när vattenytan exploderade framför mina ögon och ett fruktansvärt monster steg upp ur djupet. Det piskade sina kloförsedda tentakler i luften och deras väldiga näbb högg i luften. Ögonen var enorma och röda. Hela min kropp skakade av skräck. Jag kravlade mig upp på benen och sprang för livet in i en av de anslutande tunnlarna. Ljudet av monstrets piskande tentakler ekade bakom mig genom tunnlarna. Jag sprang och sprang tills jag stupade. Jag låg länge och flämtade och försökte förstå vad det var för fruktansvärt monster som jag hade sett. Var det den hemska som urinnevånarna hade varnat mig för?

När jag äntligen hade lyckats återhämta mig insåg jag att jag var vilse. Jag hade sprungit i blindo genom tunnlarna. Jag letade på tunnelväggarna efter Hans Hollstens märken men jag hittade dem inte. Jag gick och gick men det kändes som om jag bara rörde mig i cirklar. Allting såg likadant ut i denna helvetiska evighets labyrint. Jag höll på att tappa modet och förberedde mig på att jag aldrig skulle komma hem igen. Var det samma öde som drabbade Hans Hollsten eller blev hans öde ännu värre? Slukades han av det fruktansvärda monstret i sjön?

När jag svängde in i en av tunnlarna spärrades min väg av ett stort genomskinligt block. Jag såg i blocket min egen spegelbild som förvrängdes och reflekterades i ytan. Även om jag stod stilla verkade spegelbilden röra sig genom någon märklig optisk effekt. Men så skedde något med blocket. Det förvandlades till flytande vätska och ut från blocket steg en man i silverskimrande kläder.

Jag stod häpen och stirrade på mannen. Det hela var som en konstig dröm. Jag lyckades stamma fram på tyska.
-Är ni Hans Hollsten?
-Ja, det stämmer. Jag har väntat på dig svarade han.
-Men hur är det möjligt? Du är väl död? Är du ett spöke?
-Död är jag inte. Tvärtom är jag evigt levande. Jag har upptäckt odödligheten. Låt mig berätta min historia så förstår du hur allt hänger ihop...

Här är tyvärr några sidor utrivna ur dagboken och det finns därför ett stort hopp i kronologin på nästan en månad. Nästa inlägg är från den 20 december då Fredrik är tillbaka i Perth. Han har hittat ett skepp som ska föra honom tillbaka till Sverige. I dagboken under hemresan skriver han bara korta notiser om väder och vind och vilka böcker han läser, som Herodotus Historier.

Vi vet att när Fredrik Bokman återvänder hem nås han av det tragiska beskedet att både hans far och mor är döda. Som ensam arvinge ärver han familjens förmögenhet och verksamhet. Men i stället för att driva bolaget vidare säljer han av alla tillgångarna och barrikaderar sig i princip i familjegården resten av sitt liv. Under åren samlar han på sig ett imponerande bibliotek. En bekant frågade en gång Fredrik Bokman varför han inte använder arvet för att leva livet och beger sig ut på resor och lite äventyr istället för bara att sitta försjunken i gamla böcker.

-Resa? Jag har rest tillräckligt i mitt liv. Och äventyr har jag upplevt så det räcker för en livstid. Jag behöver varken resa eller äventyr. Jag behöver svar och de kan jag bara hitta här i mitt bibliotek hade Fredrik Bokman frustrerat svarat och fortsatt att kasta den svarta tärningen på bordet.

Den fantastiska skvaltkvarnen

Hösten hade kommit. På fönsterblecket trummade ett ihärdigt regn och genom fönstret kunde Hilbert Broman se hur hängbjörkens långa piskor slängde sig mot den annalkande skymningen. I den öppna spisen brann en nytänd brasa. Hilbert kände värmen mot ryggen och det välbekanta, hemtrevliga sprakandet när de torra vedträden brann i den öppna spisen. Han gick bort till stjärngloben som också fungerade som ett barskåp och hällde upp en rökig 22-årig maltwhisky åt sig. När han stängde globens lock tittade han igen på den märkliga stjärnhimmel som fyllde globens utsida.

Ja, hela globen var märklig i sig själv. Den var tillverkad i början av 1600-talet och var holländsk till sitt ursprung. Eventuellt var den gjord av en lärjunge till den berömda holländska astronomen och kartritaren Petrus Plancius. Globen var en raritet och skulle förmodligen ha inbringat en hel del pengar på en auktion om inte någon i slutet av 1800-talet hade bestämt sig för dela globen i mitten och att göra om den till en bar. Nu kunde man lyfta på locket och i jordens mitt hitta en samling flaskor bestående av finare sorters av maltwhisky och fransk konjak. Men det märkligaste var den stjärnhimmel som var avbildad på utsidan.

Under sina många resor runt om i världen till avlägsna platser hade Hilbert haft gott om tid på sig att studera stjärnhimmeln, men den stjärnhimmel som visades på globens yta stämde inte alls med någon han hade sett tidigare. Han hade därför bett en gammal vän som studerade astronomi vid Uppsala universitet att hjälpa honom. Med hjälp av fotografier och ett dataprogram kunde man skapa en tredimensionell karta av globens stjärnhimmel och sedan analysera och avgöra vilken del av stjärnhimmeln som man såg. Hilberts vän hade berättat att den stjärnhimmel som visades på globen var den vy som man hade sett om man befann sig någonstans bortom Plejadernas stjärnbild och tittade mot jorden.

Astronomen hade sedan frågat Hilbert när globen var tillverkad och när Hilbert hade berättade att den var från början av 1600-talet hade hans vän skrattat gott i telefonluren och konstaterat att: Min vän du har blivit lurad. Det är först under de senaste åren som kunskapen och tekniken har blivit så bra att man skulle kunna skapa en så korrekt stjärnkarta sett från Plejaderna som finns på din stjärnglob. På 1600-talet fanns inte den kunskapen, så tyvärr är det en skicklig gjord förfalskning du har framför dig.

Hilbert Broman var dock inte lika övertygad. Han visste att globen alltid hade funnit i hans familjehem och på väggen i hans fars gamla arbetsrum hängde en oljemålning med hans släkting Hindrich Bromaneus. På målningen ser man Hindrich i helfigur. Han är avbildad i sin prästrock och i den ena handen håller han en bok och den andra handen ligger på stjärngloben och den tavlan målades i början av 1600-talet.

Hilbert Broman satte sig ner i fåtöljen framför den öppna spisen och stirrade en stund in i de sprakande flammorna och smuttade på whiskeyn. Det hade varit ett turbulent år, mycket hade hänt efter hans fars död. Han hade återvänt till sitt barndomshem och hans släkts historia bjöd hela tiden på nya överraskningar och avslöjanden. Men de senaste veckorna hade varit lite lugnare och han hade äntligen fått tid över att gå igenom sin släkting Hubertus Bromans arkiv. Hubertus var en känd folklivsforskare under 1800-talet och samlade ihop en hel del berättelser, skrönor och andra historier från trakten. Hilbert hade plockat med sig en nedteckning som han hade hittat i arkivet som han tänkte läsa ikväll.

Det var berättelsen om den fantastiska skvaltkvarnen. Först hade han läst saltkvarnen och tänkt på Grottes kvarn som malde guld och salt åt kung Frode och vars kvarnstenar var så tunga att ingen människa kunde rubba dem utan kvarnen drevs av de två jättinnor Fenja och Menja. Men sen hade han förstått att det stod skvaltkvarn, ett ord han fick slå upp i Wikipedia. Där hittade han en artikel som berättade att en skvaltkvarn var en enkel vattenkvarn med anor från romartiden och ofta byggdes vid ett vattendrag av lokala bönder för att mala mjöl. Hilbert tog en ny klunk av whiskeyn och började läsa berättelsen:

I närheten av Näverberget står en gammal skvaltkvarn. Vem som byggt den visste ingen, men den hade i alla fall stått där i många hundra år. Den omnämns redan i början av 1600-talet i en inventering över kvarnar i landskapet. Själva platsen är otillgänglig och marken runt omkring ingen odlingsmark så varför någon hade gjort sig besväret att släpa ut två stora kvarnstenar ut i skogen och byggt sig en kvarn vid bäcken kunde ingen svara på. Kvarnen hade nu stått övergiven i många år och börjat förfalla då en främling dök upp i trakten och

61

började fråga efter den gamla skvaltkvarnen. Då ingen kunde säga vem som egentligen ägde kvarnen kom främlingen överens med markägaren att få arrendera kvarnen ett par år.

Främlingen berättade att hette Robert Septonia och var en belgisk munk från trappistorden. Han hade som ung utvandrat från trakten men efter diverse missöden och umbäranden i livet fått kallelsen och blivit munk. Men för några veckor sedan hade han fått en ny uppenbarelse. En röst hade befallt honom att återvända till sin födelseort för att återställa den heliga kvarnen och börja brygga öl till guds ära. Lokalbefolkningen var skeptiska. Brygga öl ute i finnmarken? Hembränt kunde man förstå, men öl? Och en kvarn använder man väl ändå till att mala mjöl med och inte att brygga öl? Det spekulerades också en hel del vem denna Robert Septonia kunde vara släkt med. Det var visserligen många som hade lämnat trakten under de svåra åren för att söka lyckan på andra ställen, men någon Robert Septonia kunde ingen komma ihåg.

Munken började i alla fall att renovera den gamla kvarnen och snart kunde man se hur han började fraktade säckar med malt, korn och vete genom skogen upp till kvarnen. Efter några veckor letade sig några nyfikna män sig upp till kvarnen för att se vad som pågick där upp. Munken hälsade dem varmt välkomna och bjöd på öl. Det var ett mörkt och skummande öl som männen fick smaka. Efteråt hade de berättat att det var ett fantastiskt öl som påminde om skog, myr, älv, ja om allt det goda som var förknippat med Norrland. Men de tillade också, att man skulle nog låta munken vara ifred med sitt värv. Det var ju trots allt ett Guds uppdrag som han utförde och den som störde den som tjänar gudomen begår en oerhörd synd, så det var bäst att låta munken sköta sitt så man inte drog olycka över bygden. Eftersom männen var så övertygande så lät man munken i fortsättningen vara ifred och brygga sitt öl.

En dag dök det upp ett anslag i byn att munken ville byta böcker mot öl. Eftersom många hört ryktet om det gudomliga ölet så dröjde det inte länge innan en stor hög med allehanda böcker hade travats upp i en tom lada och bytts in mot det fantastiska ölet. Folket i byn bestämde sig för att fira att den gamla skvaltkvarnen åter var i drift och levererade ett sådant utsök öl. Det blev en fantastisk uppsluppen tillställning och alla i byn smakade och prisade det gudomliga ölet. Ja även barnen blev erbjuden en klunk av sina föräldrar. Det var egentligen bara en person som inte var med på festen och fick smaka på ölet och det var Kniv-Johan. Kniv-Johan bodde i en koja i utkanten av byn och räknades egentligen inte till byn. Han var dessutom analfabet, så han saknade böcker att byta mot öl.

Kniv-Johan blev dock nyfiken på vad munken skulle göra med alla böckerna som han släpade med sig upp till skvaltkvarnen. Så en kväll smög han sig upp till Näverberget. Det lyste inifrån kvarnen och han hörde ljudet från kvarnhjulen som malde och malde, men också röster. Kniv-Johan tittade in genom en glugg i kvarnen och kunde se munken som var i full färd med att stoppade ner böcker i kvarnen. Han verkade prata med någon. Kniv-Johan kunde inte se vem det var. Kanske stod den andre dold i ett av kvarnens mörka hörn.

-Mästare, utbrast munken, de uråldriga stenarna i kvarnen maler ner böckerna, sida efter sida, mening efter mening, ord efter ord, bokstav efter bokstav, maler och krossar för att få fram de nya bokstäver, de nya ord, de nya meningar som vi så länge har sökt. Det är bara några sidor kvar innan det är fullbordat. Snart har vi orden som var i begynnelsen. Orden som vi så länge har sökt ska uppenbara sig för oss. Vi ska åter samla de sju igen och väcka den som sover bortom tomheten.

Kniv-Johan såg hur munken lastade in ett par rejäla volymer i kvarnen. Han kunde visserligen inte läsa men han kände igen böckerna, det gick inte att ta miste på Ola Oskar Hanssons samlade diktverk. Kvarnen malde och malde. Det verkade som även skvaltkvarnen tyckte den stora diktarens epos var svårtuggade för den knarrade och levde om. Om det var friktionen eller något annat så började det plötsligt ryka från kvarnstenarna och snart slog det upp öppna lågor från Ola Oskars Hanssons samlade bokverk. Munken blev förskräckt och försökte förgäves att släcka elden, men den gamla kvarnen var torr som fnöske och var snart övertänd.

Kniv-Johan skyndade i skydd av mörkret hemåt. Bakom sig såg han hur eldslågorna slog högt upp från kvarnen. Munken såg han inte till och inte heller den person som han hade pratat med. Från himlen började det falla ner flagor och glödande boksidor. Framför honom på stigen landade en halv sida som fortfarande glödde i kanten. Han stampade snabbt ut glöden och stoppade den i fickan. När han flera år sedan återberättade historien för mig tog han fram den svedda sidan som för att bevisa att det han berättade var sant.

Jag har frågat de andra i byn om skvaltkvarnen, men ingen har hört något om någon kvarn eller någon munk för den delen. Äh, det där har bara Kniv-Johan hittat på som vanligt, som det där med biblioteket, förklarade de. Jag har själv varit i skogarna vid Näverberget och letat efter kvarnen. Men varken kvarnstenar eller grund till någon kvarn har jag lyckats hittat. Det finns visserligen ett ställe där blixten verkar har slagit ner och delar av skogen har brunnit. I mitten av nedslagsplatsen finns en stor grop som fyllts med vatten från bäcken. Men några tecken på en kvarn har jag inte hittat.

Den brända boksidan som Kniv-Johan visade mig är från Ola Oskar Hanssons samlade verk och innehåller inledningen till dikten Budbäraren:

I fullmånssken hänger jag
svingar sakta i vinden
från trädets breda grenar
med magiska runor
ristade på min hud

Yr känner jag hur
kraften lämnar kroppen
minnen och hågkomster
kraxar flaxande
kring huvudknoppen

Hilbert Broman såg upp från texten och log. Ja författaren Ola Oskar Hansson kom han ihåg från skolan. Hans verser var bitvis intressanta, men i längden var de som en gammal skvaltkvarn de bara malde på och verkade aldrig ta slut.

Guldringen

Hilbert Broman hade ännu en höstkväll parkerat sig i sin favoritfåtölj framför den öppna spisen med en fin maltwhisky i handen för att läsa en ny skröna ur Hubertus Bromans folklivsarkiv. Den här gången var det berättelsen om Guldringen.

Tok-Anders så hette en man, men han hade inte alltid varit tokot. Utan en gång i tiden var han en aktad timmerman med familj och barn. Men något hände en dag när han arbetade i skogen uppe i Lomtjärna och det slog slint i skallen på han och han blev aldrig densamma igen.

Tok-Anders ägde en guldring. Han brukade berätta hur han en tidigt midsommarmorgonen hade begett sig ut i skogen runt Lomtjärna för att hugga ved. En tät dimma hade överraskat honom och han hade gått vilse. Han hade irrat omkring och kunde knappt se handen framför sig då marken plötsligt hade försvunnit under fötterna på honom och han hade fallit handlöst rakt ner i underjorden. När han tände en tändsticka såg han att han var i en grotta. Väggarna glimmade som av guld och han såg hur det ur väggarna droppade guldringar. När han lyste mot golvet var golvet full av guldringar. Han förstod då att han hade råkat ramlat ner i trollens förtrollade guldgruva. Men av alla guldringar som fanns i grottan var den en som stack ut och blänkte mer än de andra. Tok-Anders hade plockat upp ringen och trätt den på fingret och då hade något märkligt skett. Det var som om världen förändrades, perspektiven försköts och världen fylldes med fantastiska färger och han kunde höra viskningar på besynnerliga sjungande språk. När han tog av sig ringen då var allt som normalt runt omkring honom, det var mörkt och tyst. Nej, det var inte riktigt tyst insåg han. Ifrån mörkret hörde han ett dovt morrande ljud och hans näsa kände lukten av mäsk. I skenet från tändstickan såg han ett par rödsprängda rovdjursögon framför sig.

Ta me fan var det inte självaste supbjörnen som Tok-Anders stod öga mot öga med. Nu var goda råd dyra. Tok-Anders klättrade för livet upp genom hålet och nådde marken medan björntassen skrapande mot stövlarna. Sedan bar det i väg i full fart genom skogen med björnen hack i hälen.

-Jag skulle inte stått här idag och kunna berätta detta för er om jag inte plötsligt kom ihåg att jag hade sett hur Erik Nyman hade grävt ner en brännvinsbutelj i en myrstack i närheten. Jag sprang så svetten lackade till myrstacken och dök ner bland tusentals ilskna och bitande myror och rotade runt tills handen till slut slöt sig om flaskhalsen. Jag hann bara dra upp den och skruva av korken innan björnen var över mig. Den stora bjässen kastade sig över mig och det var bara tur att jag lyckades stoppa flaskan i käften på han. Plötsligt slutade björnen och satte sig på baken och började halsa ur flaskan som ett dibarn. Vettskrämd kröp jag därifrån och tog mig så fort som satan hemåt. Det var så det gick till när jag hittade guldringen i trollens guldgruva berättade Tok-Anders.

Nu finns det förstås andra berättelser om Tok-Anders guldring. Det finns en som antyder att han stal den från de främmande som bor runt Svarttjärnen och att de därför kastade en förbannelse på honom som förvred skallen på han, men det får bli osagt tills det är bevisat. Jag har i alla fall tittat närmare på ringen och det är ett fint arbete. Ringen verkar ganska gammal men i avsaknad av stämplar så är det svårt att bestämma åldern. Det lite märkliga är att det finns sju svarta ädelstenar med de är infattade på insidan av ringen och inte som brukligt är på utsidan. Jag har även provat ringen på fingret men inte märkt av något speciellt. Om ringen har några speciella egenskaper så verkar det bara påverka vissa människor.

En guldring med sju svarta stenar på insidan tänkte Hilbert Broman för sig själv och såg upp från pappret. Han kom ihåg att han nyligen hade läst om konstnären Emil Byman som efter sin död efterlämnade drygt 500 tavlor föreställande en älg vid en tjärn och en guldring med sju svarta diamanter. Hilbert såg upp på den märkliga tavlan ovanför den öppna spisen. Den var målad av Emil Byman och visade sju älgar kring en tjärn. Det som var så märkligt med tavlan var perspektivet och de märkliga färgerna precis som om han i sin sista tavla hade sett världen med någon annans ögon.

Paulinas svepask

Under hösten hade Hilbert Broman haft tid att gå igenom sin gamla förfaders arkiv. Den kända folklivsforskaren Hubertus Broman hade under sin livstid samlat på sig en hel del berättelser, skrönor och andra uppteckningar från trakten. Efter att ha läst en del av dessa funderad Hilbert redan på om han inte skulle sammanställa dem i en volym i serien "Di Ångermanländska", som han var redaktör för. "Paulinas svepask" var absolut en av de berättelserna som han i så fall skulle ta med. Han slog sig som vanlig ner i sin favoritfåtölj framför den öppna brasan och tog en klunk av whiskeyn och började läsa.

I ett torp i Finnmarken bodde en elak käring som kallades mor Paulina. Hon var känd för att vara sniken och elak och en höst under värsta stormen hade hon tvingat sin man och sina två små barn att ta båten ut på sjön för att ta in näten så de inte skulle blåsa sönder i stormen. Vågorna gick vita och båten välte. De två stackars barnen drunknade, men mannen lyckades mirakulöst ta sig i land, men han blev rent av tokot när han förstod att barnens hans hade dött och begav sig därför ut i skogarna för att slippa ifrån sin elaka käring. Käringen var avskydd och fruktad av alla. Hon kunde kasta det onda ögat och signa förbannelser så konas mjölk sinade eller man drabbade av frossan och febern. Man undvek henne när hon kom gående på vägen och korsade sig.

En kväll kom prästen cyklande på grusvägen och fick se käringen som kånkade på en bunt med torrriset. Prästen stannade till och hälsade.

-Hur står det till med mor Paulina?
-Det är bara helvete och hans djävlar som vet det snäste käringen ilsket tillbaka.
-Mor Paulina ska inte missbruka Herrens namn. Snart står mor vid pärleporten och räkenskap ska avläggas framför Sankte Per. Vad jag har hört så har mor en hel del på sitt samvete och helvetes skärseldar är inte att leka med. Tusen och åter tusen år av smärta och plågor skola drabba syndaren står det skrivet i den heliga skriften. Mor skulle nog börja tänka på sin själs frälsning och börja gå i kyrkan för att blidka den heliga fadern och lindra sin straffplåga i efterlivet. Som församlingens själasörjare är det min plikt att lyssna även på den mest fördärvade syndaren och ge vägledning till den eviga förlåtelsen i herren Jesus Krists namn.
-Äh, sånt skrömt. Inte behöver jag någon präst eller kyrka hade mor Paulina sagt och kånkat vidare med sin kvistbunt

När käringen hade kommit hem och gått och lagt sig hade hon svårt att somna. Hon låg och vred och vände på sig och tänkte på vad prästen hade sagt. Skärseldens plågor kände hon väl till och desto mer hon tänkte på det, desto mer obehaglig blev hon till mods. Hon mindes allt ont hon hade gjort i livet och förstod att det inte skulle ses med blida ögon av gudomen. Men den eviga förlåtelsen? Den gällde väl även henne? Hennes själ kunde väl fortfarande räddas eller straffet åtminstone mildras?

Men hon tordes inte gå till kyrkan och bikta sina synder. De var alldeles för grova ens för en präst att lyssna på. Hon låg länge och funderade och kom sedan fram till att det här fick bli en ensak mellan henne och gudomen.

Hon steg upp ur sängen och ur ett skåp letade hon fram en svepask. Det var ett fint arbete. Hon hade själv tillverkat asken när hon var ung. Svepningen var gjord av fin björk medan botten och lock var av fur. Själva sömnen hade hon flätat ihop med vingpennor från en korp. Nu tog hon asken med sig till sängen, öppnade locket på glänt och viskade en av sina synder ner i svepasken innan hon snabbt stängde locket. Varje kväll upprepades denna procedur. Käringen gläntade på askens lock och viskade en av sina synder ner i asken.

En dag fick prästen besked att mor Paulina låg på det yttersta och ville att prästen skulle komma. Prästen cyklade ut till hennes torftiga torp och fann käringen blek och svag liggandes i sin säng. Prästen läste som brukligt var några rader och gav nattvarden och frågade sedan mor Paulina om hon ville erkänna sina synder inför gudomen och be om den stora förlåtelsen? Mor Paulina hade skruvat på sig och sedan med svag röst berättat för prästen att hennes synder var för grova för en enkel präst att ta del av. Det var en ensak mellan henne och gudomen men bredvid sängen fanns en svepask. I den har jag lagt alla mina synder förklarade mor Paulina. Ta med asken till kyrkan och placera den nära altaret så kan gudomen själv få höra mina bekännelser och avgöra mitt öde. Med det sagt slöt käringen ögonen och somnade in.

Prästen tyckte det var en annorlunda begäran, men som själavårdare ville han inte låta en församlingsbo missa chansen att inför sin gud stå till svars och få syndernas förlåtelse, så han tog med sig svepasken och placerade den under altaret i kyrkan. Prästen kunde nu inte släppa tanken på vad det var för förskräckliga synder som mor Paulina hade begått under sin livstid och lagt i asken. Nyfikenheten växte inom honom tills han en kväll inte länge kunde tygla den och han beslöt sig för att öppna svepasken. Jag är ju trots allt präst, tänkte han, och det är min plikt att ta del av församlingsbornas synder så jag kan hjälpa dem i detta livet och i livet efter. Så han tog upp asken, som han hade ställt under altaret, och lyfte av locket.

Ur asken for ett starkt vinddrag med en kväljande lukt av förruttnelse. Framför prästens ögon svävade svarta skuggor som började virvla runt omkring honom med hemska spöklika anletsdrag. I den svarta dimman framträdde sedan fruktansvärda scener. Det var käringens alla synder som prästen hade släppt lös och som nu rusade omkring inne i kyrkan. Hennes brott var obeskrivliga, grymma och omänskliga mot både människor, djur och natur. Uppenbarelsen varade bara någon minut innan alla skuggorna hade förskingrats och lösts upp, men för prästen kändes det som en evighet. Han kände sig plötslig mycket gammal och svag och i kyrksilvret på altaret såg han sin egen spegelbild och kände knappt igen den. Hans ansikte var åldrat och fårat och håret hade vitnat.

Med stapplade steg gick han bort för att stänga svepasken då han såg att det låg kvar något på botten. Det var en gulnad och flottig papperslapp. Med sina krokiga fingrar tog prästen upp papperslappen och vecklade upp den. På lappen läste han ett recept på gorån. För mor Paulina var inte bara känd för att vara elak och ond, hon var också känd för sina gorån som hon brukade sälja för att tjäna en liten slant. Alla som hade smakat på gorånen tycket de var himmelskt goda och många hade försökt lista ut vad som var hemligheten bakom den goda smaken. Många hade försökt återskapa receptet, men ingen hade kommit ens i närheten. Käringen hade så klart inte velat dela med sig av sitt hemliga recept under sin livstid.

Kanske var det för att blidka gudomen som hon hade stoppat ner receptet i svepasken? Var det hennes enda goda gärning som hon ville använda för att köpa sig inträde till himlen med? Kanske var även Gud fader svag för nygräddade gorån? Receptet används i alla fall än idag. När det bjuds på kyrkkaffe i församlingshemmet så är det alltid Paulinas gorån som lockar och först tar slut. Men om ett recept på himmelsk goda gorån räcker för att rädda en själ från skärselden vågar jag inte svära på.

Den sjungande tråden

I en av alla de kartonger som Hilberts far hade efterlämnat efter sin död fanns en kartong full med gamla rullband. Banden var märkta med märktejp. På några stod det "Luffar Lars visor" och på andra "Skrönor från Habborn" eller "Skrock från Björnsjö", men det var en titel som Hilbert fastnade för "Den sjungande tråden". Till rullbandet hörde några ark i ett blekt kuvert. Hilbert tog med sig kuvertet och rullbandet och satte sig i fåtöljen i salongen och började läsa de handskrivna sidorna.

Nästan alla hade fått telefon indragen i Finnmarken utan en gammal gubbe som hette Olof Jonsson, som bodde i ett torp en bit in i skogen borta vid Öringsvattnet. Det var en besvärlig väg att dra kabeln så Televerket hade in i det sista dragit ut på det hela, man hoppades väl att gubben skulle dö snart eller flytta in på hemmet så man slapp dra in telefon. Men gubben var så ini helvete envis och ville till varje pris ha telefon installerad. Så till slut fick man ge med sig och dra kabeln genom skogen. Gubben var förstås nöjd för nu kunde han ringa systern sin i Sollefteå. Men det dröjde bara en vecka innan gubben hörde av sig till Televerket och klagade på att det lät så konstigt i telefonen. Telefonisten som tog emot klagomålet kunde mycket riktigt höra att det i bakgrunden hördes konstiga ljud. Det lät som röster och som om någon småsjöng i bakgrunden. Man beslöt att skicka ut en tekniker för att undersöka saken.

Det var Albert Molander som fick jobbet. Det var mitt i sommaren och varmt så att släpa på all mätutrustning genom skogen full av mygg var inget som han såg fram emot. Men det vara bara att börja gå och följa luftledningen genom skogen. Då och då stannade han till för att klättra upp i en stolpe och mäta för att se att det fungerade som det skulle. När han kom fram till gubbens stuga var han genomsvettig och myggbiten och på dåligt humör. Något fel på ledningen hade han inte hittat.

Han knackade på dörren till stugan och efter en lång stund öppnade gubben dörren. Gubben släppte in honom och bjöd på ett glas kall hallonsaft innan Albert fortsatte med att undersöka ledningarna och telefonapparaten i huset. Allt verkade fungera som det skulle, men när Albert lyfte på luren och lyssnade så hörde han mycket riktigt otydliga, knastrande, sjungande röster. Det hela var mycket märkligt. Kunde det vara någon felkoppling i en relästation så att ljudet från någon annans telefon eller radiostation hördes i ledningen? Albert Molander beslöt sig för att komma tillbaka nästa dag och försöka spela in ljudet och skicka det vidare till kontoret i Härnösand för vidare analys.

Dagen efter parkerade Albert bilen vid slutet av skogsvägen och traskat den sista biten till gubbens stuga med rullbandspelaren på ryggen. Hos gubben kopplade han upp rullbandspelaren och började spela in ljudet från telefonen. Medan de väntade ville gubben bjuda på en sup. Det visade sig att gubben var riktigt trevlig och kunde berätta bra historier. Den blev en och annan skröna och gubben bjöd på några supar till. När Albert var klar med inspelningen kände han sig lite rund under fötterna. Han tackade gubben för allt och traskade ner till bilen med rullbandspelaren i famnen. De hade börjar skymma lite, men det var fortfarande ljust ute som det brukar vara under en het sommarkväll. Albert körde hemåt längs den smala grusvägen, men spriten och värmen gjorde honom lite dåsig så han hann inte reagera när älgen klev rakt ut framför bilen och det blev en våldsam kollision. Både älgen och Albert Molander dog direkt vid kollisionen.

När polisen dagen efter undersökte olyckan beslöt de sig för att söka upp gubben för att höra vad som hade hänt innan olyckan. De traskade upp till stugan och knackade på, men när de inte fick något svar gick de in i stugan och fann gubben på golvet. Han låg likstel med telefonluren klistrad mot örat. Då gubben var gammal och man inte kunde se några tecken på inbrott eller våld så utgick man från att åldern till slut hade tagit ut sin rätt. Den här tragiska historien utspelade sig samma år då den fruktansvärda stormen drog fram över Ångermanland under hösten och då mycket skog blev stormfällt. Telefonledningen till gubbens stuga revs ner av alla fallande träd och en stor gammal gran föll över gubbens stuga och förvandlade den till kaffeved.

Här skulle den tragiska historien kunnat slutat, men många år efter faderns död hittade sonen Oskar Molander ett gammalt rullband bland faderns efterlämnade saker. Han antog att det kunde vara något som farsgubben hade spelat in när han levde. När han spelade upp bandet hörde han röster och någon som sjöng i bakgrunden. Kvalitén på inspelningen var ganska dålig så han beslöt att kontakta några bekanta som höll på med ljudproduktion och bad dem att försöka få fram en bättre ljudkopia. När han sedan lyssnade på inspelningen igen kunde han urskilja rösterna och eftersom han var mycket intresserad av den ångermanländska dialekten och hade läst både Nicke Sjödins "Första Moseboken" och Birger Normans "Dikter på Ångermanländska" så kände Oskar igen vissa ord på bandet. Det var visserligen ångermanländska de pratade men det verkade vara någon uråldrig dialekt för han inte alls förstod sig på.

Det var nu Oskar Molander vände sig till min far Helge Broman som var en välkänd folklivsforskare, men också mycket kunnig i olika ångermanländska dialekter. Min far hade noga lyssnat på inspelningen, men sen bara skakat på huvudet och konstaterat

-Jovisst, är det ångermanländska, men det låter som om det skulle kunna vara själva ur-ångermanländskan som talas. Det finns ingen levande själ som kan förstå den dialekten längre, om inte, det skulle förstås vara Kloka-Karin i Brunne, om hon nu fortfarande är i livet.

Så Oskar Molander och min far hade satt sig i bilen och kört hem till Kloka-Karin i Brunne. Käringen var långt över hundra år men fortfarande pigg och med intensiv genomträngande blick. Min far hade framför sitt ärende och startat kassettbandspelaren med inspelningen. Kloka-Karin sken i början upp när hon hörde rösten, men snart mörknade hennes blick och hon började korsa sig och spotta tvi vale och muttra märkliga besvärjelser.

-Stäng av eländet utbrast hon plötsligt. Vad har ni fått tag i det där trolltyget? Det är inte för mänskliga öron att höra.

Min far hade försökt lugna Kloka-Karin, som var märkvärt skärrad över vad hon hade hört. Efter mycket lockande och pockande hade han till sist, efter att lovat att Oskar Molander skulle avlägsna sig, lyckats få henne att berätta vad hon hade hört på bandet.

-Nog är det ur-ångermanländska man hör på inspelningen. Men det är inga mindre än trollen som språkar på inspelningen. Tvi vale för sicken otyg. De verkade gräla om en ring

-Var är min ring? skällde den första irriterat.

-Det finns ju så många ringar i grottan svarade den andra urskuldande. Hur ska vi kunna hitta en speciell ring bland alla dessa? Kan du inte bara ta en vanlig guldring?

-Dumhuvud. Den ringen är inte härifrån. Den har märkliga krafter. Den tillhör Gamlefar. Den har dessutom sju svarta stenar. Det har inte de andra eller hur? Hur svårt kan det vara att hitta den? Den måste finnas här. Fortsätt leta! Piska på de giriga. De kan gott och väl hjälpa till och leta.

Sedan hörde jag också i bakgrunden en röst som lågmält sjöng. Jag behöver inte berätta för dig Helge Broman vilka välkända ord som jag hörde. Det vet du själv vilka hemligheter som döljer sig i Lomtjärnas djup. Du gör därför bäst i att se till att den här inspelningen försvinner för alltid. Det är inte för de jordiska att höra detta. Det leder bara till elände och död, sanna mina ord.

Hilbert vände på pappret. Berättelsen tog slut där, men på baksidan hade hans far tecknat hur telefonledningen hade gått genom skogen till Olof Jonsson stuga och Hilbert kunde inte låta bli att notera att den gick genom skogen uppe vid Lomtjärna och vid ett tillfälle gick den väldigt nära den plats där han själv hade råkat ramla ner i Sup-björnens grotta. Det var en märklig plats som hela tiden återkom i flera av de berättelser och historier som han hade läst under året, bland annat den om den märkliga guldringen som Tok-Anders hittade på platsen.

www.ingramcontent.com/pod-product-compliance
Lightning Source LLC
Chambersburg PA
CBHW070539130626
46555CB00003B/1491